사랑의 향연
세상의 문학
하 이 라 이 트

사랑의 향연
세상의 문학
하 이 라 이 트
Fête d'amour

김종호 지음

엘도브

차례

1. 첫 만남의 순간

2. 사랑의 빛과 어둠

4. 시인의 사랑

일러두기

이 책은 『사랑의 향연 세상의 문학』(2023. 12)을 축소 재구성한 것이다. 독서의 즐거움을 더하기 위해 많은 글을 빼고 그림과 음악 자료를 보탰다. 프롤로그와 에필로그를 비롯한 몇몇 글은 축약되었다.

> 시작의 시(始)에 여(女) 자가 있듯,
> 모든 것의 시작에 여자가 있다.
> 태초에 여자가 있었다.

세상 모든 이야기의 주제는 사랑이다. 거의 그렇다. 노래나 시도 그렇고, 소설, 연극, 음악, 미술도 그렇다. 삶과 예술의 중심에는 사랑하는 여자가 있다. 여성은 욕망의 대상이자 주체, 이야기의 시작이자 끝이고, 세상의 빛이자 어둠이다. 여성과 에로스는 "세상의 기원"이다. 모성적 어둠으로부터 빛과 세상은 잉태되었다. 대표적인 창세기, 헤시오도스의 『신통기, 신들의 탄생』은 말한다. "태초에 카오스가 있었고, 그리고 넓은 가슴의 대지 가이아가 있었고, [...] 그리고 에로스가 있었다." 에로스는 카오스로부터 태어난 암흑 에레보스와 밤 닉스를 결합하고, 그로부터 창공 아이테르와 낮 헤메라가 탄생한다. 이후 에로스의 주관 아래 가이아로부터 온갖 생명이 나온다. 세상이 사랑의 정기로 가득한 이유다.

> 에로스는 가장 오래된 신이고, 우리의 엄청난 축복의 원천이기도 하다.
> 플라톤, 『향연』, 178c.

에로스는 세상의 근원이자 인간의 본성이다. 사랑은 본능이다. 호모 아만스(Homo amans). 인간은 사랑하는 존재다. 인간(人)은 관계

(間)를 통해 성립되고, 관계의 핵심은 사랑이다. 사랑이 인간을 만든다. 사랑은 영혼을 사로잡고 길들인다. 사랑하는 사람은 마음속 자아를 비우고 타자를 들인다. 연인은 서로를 사랑함으로써 자신을 잃는다. 사랑으로 둘이 하나가 되면 각각의 존재는 지워진다. 넋이 앗기는 황홀(恍惚)의 상태다. 마음(心)은 사라지고(勿) 빛(光)만 가득하다. '황홀'을 뜻하는 영어(ecstasy, rapture)도, 프랑스어(extase, ravissement)도 똑같이 자아의 이탈, 넋의 상실을 암시한다. 합체는 곧 개체의 해체다. 에로스의 희열은 심연을 내포한다. 해체와 함께 임박한 분리가 만드는 공허다.

삶의 가장 크고 강렬한 힘이 두 존재가 서로 이끌리고 교접하고 지속하는 순간에 드러난다. 그것은 삶이고, 삶의 재생이다. 그러나 재생하면서, 삶은 넘쳐난다. 넘쳐나면서 삶은 극단의 착란에 이른다. 엉킨 두 육체는, 비틀리고 혼절하며, 관능의 과잉 속으로 빠져들어, 반대쪽 죽음으로 가고, 죽음은 그들을, 서서히, 파멸의 침묵에 바치게 된다.

바타유, 『에로스의 눈물』, I, 3.

심연의 파열은 상처에서 올 수도 있지만, 융합에서 올 수도 있다. 우리는 서로 사랑함으로 함께 죽는다. 허공으로 사라지는 열린 죽음, 공유된 무덤의 닫힌 죽음이다.

바르트, 『사랑의 단상』, "나는 심연으로 빠져든다…"

충만함과 공허함, 과잉과 결핍, 열림과 단절. 에로스의 양면성이다.

성과 삶의 충동(eros)은 죽음의 충동(thanatos)과 교류한다. 에로스와 타나토스 사이의 긴장과 이완은 삶을 지속시키는 힘이다. 두 충동의 거래 속에 삶의 굴곡과 순환이 이루어지고, 기쁨과 고통의 드라마가 이어진다.

문학과 예술은 에로스와 타나토스의 갈등을 풀이하고 승화한다. 창작은 보이지 않는 내면의 움직임을 구체적으로 표현한다. 상상은 구상화 작업의 원동력이다. 성적 욕망도, 삶의 환희와 불안도, 죽음의 두려움도 상상 없이 구성되지 않는다. 욕망의 대상은 부재하거나, 결국 타자다. 합체의 만족도 허탈도 순간이다. 죽음의 공포도 상상의 몫이 크다. 상(像)을 만드는 기능, 이미지로 생각(想)하는 힘, 상상력이 부재의 거리를 메운다. 이성적 사유도 마찬가지다. 상상 없는 사유는 없다. 상상을 통해서 정신의 모든 차원이 교류하고 실재와 부재의 세계가 공존한다.

영혼은 결코 상(像) 없이 사유하지 않는다.

아리스토텔레스, 『영혼론』, 431a.

문학은 반복이다. 글은 다른 글의 반향이다. 읽은 글은 생각이 되고 생각이 글이 된다. 작가는 문학의 코드를 읽어내고 풀어쓴다. 작가는 다만 새로운 방식으로 옮겨쓴다. 개별 작가의 작품은 다시 문학의 코드로 들어간다. 그렇게 문학이라는 총체는 무한 팽창한다. 수백 수천 년 전 이야기가 끊임없이 되살아나는 이유다. 고전이 늘 새로운 원리다. 글쓰기를 통해서 작가들은 끊임없이 대화한다. 문학만이 아니다. 모든 예술 장르가 창작의 양분을 주고받는다. 시, 소설, 음악, 미술, 오페라, 영화 등 모든 부문의 작품들이 대화한다. 상상 세계에는 시간 개념이 없다. 문학과 예술의 세계 속에서 모든 것이, 세기와 장르 너머, 무한 상응한다. 유한한 인간이 그 속에서 자유를 구가하는 이유다.

    태양 아래 새로운 것은 없다.
    「전도서」, 1:9.

   사랑의 이야기도 무한 반복이다. 사랑의 담론은 끝이 없다. 끝없이 반복되고 변형된다. 고대의 신화에서 중세의 설화로, 궁정 연애와 고전 비극에서 낭만적 시가로, 그리고 근대, 현대의 무수한 찬가와 애가로 이어지는 사랑의 문학적 향연은 계속된다. 중세 성직자가 쓴 사랑의 우화에 나오는 장미의 숲은 오늘도 열려 있다.

    거울 속, 수많은 것 가운데,
    내가 고른 것은 장미꽃 가득한 나무들,
    주위 길을 따라
    온통 울타리로 둘러싸인 장미 나무들이었다.
    너무나 가까이 가 보고 싶은 마음에
    누가 그 대신 복숭아나
    파리스의 사과를 준다 해도 받지 않고
    그 거대한 숲을 보러 갔을 것이다.

그렇게 열정에 사로잡혀,

수많은 사람이 겪은 그 폐해를 알면서도,

장미 숲을 향해 나는 나아갔다.

로리스, 「장미이야기」.

  이 책에서 독서의 대상은 모두 고전이다. 고대 신화와 중세 설화에
서 20세기 초중반 현대까지의 문학 작품이다. 오랜 시간에 의해 검
증된 고전에는 영혼의 울림이 느껴지는 깊이가 있다. 그것은 곧 세
상의 깊이다. 문학을 아는 만큼 세상을 알고, 읽는 만큼 깊어진다. 대
상 작품은 취향과 전공에 따라 주관적으로 선택되었다. 문학은 표현
언어에 기반한다. 언어가 모든 것을 결정한다. 세밀한 의미의 포착을
위해 특히 작품을 인용할 때 원어 텍스트를 살폈다. 프랑스어 영어
텍스트는 원전을 번역했고, 독일어 이탈리아어 등의 텍스트는 프랑
스어 영어 한글 번역본과 대조하여 원문을 옮겼다. 원문은 대부분 공
개 온라인에서 찾을 수 있다.

어떻게 인간이 저렇게 아름답고 순수할 수 있을까?
단테, 『새로운 삶』, XIX

와인은 입으로 들어오고
사랑은 눈으로 들어온다.
예이츠, 「술 노래」

1

첫 만남의 순간

불멸의 연인,
줄리엣과 로미오

셰익스피어, 『로미오와 줄리엣』
영화 〈로미오와 줄리엣〉

셰익스피어 William Shakespeare (1564-1616)

잉글랜드 출신 시인, 배우, 극작가.

이른 나이에 연극 활동을 하며 세상을 읽고 통찰력 있는 시를 썼다.

37편의 희곡, 154편의 소네트를 쓴 영어권 최고의 작가.

— 『로미오와 줄리엣』 (1597)

영화 〈로미오와 줄리엣〉 (1968, 프란코 제피렐리 감독)

— 〈청춘은 무엇인가〉 (유진 월터 주니어 작사, 니노 로타 작곡)

『로미오와 줄리엣』의 작가, 셰익스피어

불멸의 사랑을 노래한 『로미오와 줄리엣』. 첫 만남의 순간도 영원히 빛난다. 로미오가 캐플릿 집에 몰래 들어가서 줄리엣을 발견하는 순간, 세상의 모든 빛이 그녀에게로 모인다.

> 오, 그녀는 횃불들에게 밝게 빛나라고 일깨운다!
> 마치 그녀는 밤의 뺨 위로
> 에디오피아의 귀에 걸린 귀한 보석 같다.
> 쓰기엔 너무나 귀하고, 지상에 있기엔 너무나 소중한 아름다움!
> 눈처럼 하얀 비둘기가 까마귀 무리와 있는 듯
> 다른 여인들 위로 돋보이는 저 아가씨의 모습.
> 『로미오와 줄리엣』, I, 5.

아름다움은 빛이다. 횃불보다 환하고, 세상 어느 보석보다 더 빛난다. 지상의 어둠을 밝히고, 천상의 행복을 환기한다. 그 빛은 한순간에 영혼을 순화하고, 욕망을 정화한다. 순수한 환희에 열린 영혼은 기쁨의 지속을 갈망한다. 온갖 감각의 혼란과 감정의 갈등이 시작된다. 어느새 빛은 사라지고, 열정만 살아 움직인다. 첫눈의 아름다움은 그 순수함 때문에 쉽게 어둠에 침식된다. "진실한 아름다움"은 진실함으로 인해 의심과 오해를 부른다. 너무나 아름다운 것은 지속되지 않는다.

아름답고 슬픈 사랑의 이야기는 파급력이 크다. 모든 예술 장르가 로미오와 줄리엣을 부활시켰다. 영화로도 수없이 만들어졌다. 가장 뛰어난 것은 프랑코 제피렐리 감독의 1968년 작품이다. 그는 각본에도 참여했다. 올리비아 핫세와 레너드 화이팅, 아름다운 두 청춘 배우의 연기는 인류 최고의 사랑을 넉넉히 재현한다. 영화의 하이라이트 역시 첫 만남, 그 "엄청난 사랑의 탄생"이다. 로미오와 줄리엣이 단숨에 자석에 이끌리듯 열정적으로 교감하는 장면은 원작의 대사를 그대로 옮겼다. 극히 연극적인 대사지만 연기와 음악, 영상 구성에 잘 녹아들어 몰입도가 높다. 가장 멋진 대목은 사랑의 노래다. 유진 월터 주니어의 가사에 니노 로타가 곡을 붙인 향기 가득한 시가(詩歌).

청춘은 무엇인가
성급한 불꽃
처녀는 무엇인가
얼음과 욕망
세상은 흘러가고

한 송이 장미 피어나
어느덧 시들어 간다
그렇게 청춘도 사라진다
그렇게 가장 어여쁜 처녀도 사라진다

What is a youth
Impetuous fire
What is a maid
Ice and desire
The world wags on

A rose will bloom
It then will fade
So dies a youth
So dies the fairest maid

 <What Is A Youth>
글렌 웨스턴 노래

노래는 가볍고 깊다. 함축이 놀랍다. 청춘, 처녀, 아름다움의 본질
이 작은 단어들 속에 맺혀 있다. 처녀란 무엇인가. 완벽한 라임이 답
한다. 불꽃 같은 욕망 그리고 얼음. 차가움과 열정, 혹은 순결과 갈망.
아직 자의식에 갇힌 눈빛과 저도 모르게 열리는 마음. 열림의 욕망에

저항하는 순수의 역설이 처녀의 아름다움을 구성한다. 그것은 사랑의 아름다움이기도 하다. "꿀보다 달고 담즙보다 쓴" 사랑은 나를 유혹하고 나를 움츠리게 한다. 사랑하는 두 사람의 만남은 개체의 저항과 합체의 열망을 동시에 부른다. 사랑이 절정에 달하면 자아 이탈(ex-tase), 혹은 마음속 모든 것이 사라지고 빛만 남는 ─ 황홀(恍惚)한 ─ 무아(無我)의 상태가 된다.

사랑하는 처녀만이 아니다. 인간이 그렇다. 인간의 개체 보존 욕구는 나르시스적 성향과 에로스적 성향으로 나뉜다. 나르시스처럼 자아 애착은 누구나 있다. 없으면 인간이기 어렵다. 인간적이지 않다. 아름다운 자아의 정체성을 지키기 위해서 자아에 몰입하는 나르시

프란체스코 바르톨로치, 〈로미오와 줄리엣〉, 1785, 메트로폴리탄미술관

스. 그러나 자아의 핵은 무(無)일 뿐이다. 자아는 삶과 함께 형성되기 때문이다. 나르시스는 무의 메타포, 죽음에 함몰된다. 나르시스는 삶을 근원으로 되돌리는 죽음의 힘, 타나토스를 대변한다. 그에 대응하는 것이 에로스다. 에로스는 생의 원리다. 헤시오도스의 『신통기』는 말한다. 태초에 카오스가 있었고 그다음 가이아와 에로스가 있었다. 에로스로부터 모든 것이 생겨난다. 에로스는 번식의 정령이다. 자연이 자리 잡고 인간이 번성한 후 그 거대한 정령은 작은 피겨, 큐피드로 변한다. 자아를 지배하는 두 개의 충동, 에로스와 타나토스의 대립과 합. 그것이 프로이트가 설파한 인간의 실체다. 그것이 삶의 진실이고 세상의 진실이다. 삶 속에 죽음이, 죽음 속에 삶이 있다.

> 자연의 어머니인 대지는 자연의 묘시,
> 자연의 매장 묘지는 곧 자연의 모태
>
> 『로미오와 줄리엣』, II, 3.

나는 누구인가. 무엇인가. 나는 무엇을 해야 하는가. 나는 자아의 정체성에 몰입하는 성향과 자아의 울타리를 벗어나려는 욕망 사이에서 갈등한다. 그 갈등이 가장 큰 때가 청춘이다. 그래서 청춘은 역동적이고 열정적이다. 흔들림, 방황도 그만큼 크다. 그러나 청춘은 사라진다. 너무나 아름다워 지속될 수 없다, 혹은 지속되기에는 너무나 아름답다. 청춘은 아름답다. 사라지는 속성으로 인해. 로미오와 줄리엣은 청춘의 아름다움을 극적으로 보여준다. 그것은 사랑과 죽음의 합이다.

오 제우스여, 왜 나는 덧없는 것일까요? 아름다움이 물었다.

신이 대답했다. 나는 덧없는 것만 아름답게 만드니까.

괴테, 「사계 – 여름」.

그래도 줄리엣의 아름다움은, 청춘의 기억처럼, 영원하다. 작가는
이미 답을 마련해놓았다.

그러나 그대의 영원한 여름은 시들지 않고,

그대가 지닌 아름다움도 놓치지 않으리.

죽음도 제 그늘에서 그대 헤맨다고 내세우지 못하리,

그대가 영원한 시 속에서 시간 따라 커가는 한.

셰익스피어, 「소네트 18」.

또 멀리서 다른 시인이 화답한다. 청춘 예찬은 끝이 없다.

한때 그렇게도 눈부시던 그 빛이

이제 눈앞에서 영원히 사라져도,

아무것도 시간을 되돌릴 수 없어도,

초원의 빛, 꽃의 영광이던 그 시간을,

우리는 슬퍼하지 않고, 찾으리라,

남아 있는 것 속에서 견디어낼 힘을.

워즈워스, 「불멸의 송가」("초원의 빛").

냉정과 열정, 레날 부인과 마틸드와 줄리앙

스탕달, 『적과 흑』

스탕달 Stendhal (1783-1842)
프랑스를 떠나 이탈리아에서 삶과 예술의 열정을 되찾은 『연애론』의 작가.
"이 세상에서 중요한 것은 사랑과 사랑이 주는 행복뿐이다"(『파르마 수도원』).
작가 자신이 만든 이탈리아어 묘비명 : "밀라노인으로, 쓰고, 사랑하고, 살았다."
— 『적과 흑』 (1830)

정념(passion)의 어원은 고통(passio)이다.

줄리앙 소렐은 보잘것없는 목재상의 셋째 아들이다. 그는 아버지에게 멸시당한다. 형들과 달리 연약하고 지적 성향이 있기 때문이다. 그는 신약성서를 라틴어로 암송할 수 있다. 다른 학식은 없지만, 머리가 좋고 야망도 있다. 그는 나폴레옹을 숭배한다. 세상을 휘젓고 사라진 황제가 삶의 모델이다. 라틴어 실력 덕에 그는 가정교사가 된다. 그를 채용한 사람은 그가 사는 작은 도시의 시장 레날이다. 시장의 부인은 순진하고 내성적이고 아름답다. 모성이 지극한 그녀는 세 아이의 가정교사로 올 사람이 거칠고 엄하지나 않을까 걱정한다. 줄리앙은 그녀보다 더 내성적이다. 천성적인 불안과 경계심으로 새로운 세상으로의 첫걸음이 두렵다. 감수성 강한 두 여린 영혼의 만남이 이루어진다. 그 어느 만남보다 맑은 만남의 순간이다.

레날 부인은 남자들의 시선에서 멀리 떨어져 있을 때 자연스럽게 나타나는 활기차고 우아한 모습으로 거실 유리문을 열고 정원으로 나오다가, 앞문 가까이 있는 한 젊은 농부를 보았다. 아직 어려 보이고 몹시 창백한 얼굴에 방금 운 듯한 모습이었다. 하얀 셔츠를 입고, 아주 정갈한 보랏빛 모직 웃옷을 팔에 끼고 있었다.

그 어린 농부의 얼굴은 너무나 하얗고 눈길은 너무나 부드러워서, 공상을 즐기는 레날 부인의 머릿속에는 변장한 소녀가 시장에게 어떤 부탁을 하려고 온 것이 아닌가 하는 생각이 먼저 떠올랐다. 문 앞에 멈춰서서, 분명 초인종에 손을 올릴 엄두도 내지 못하는 그 가엾은 청년에게 연민이 느껴졌다. 레날 부인은 가정교사가 온다는 생각이 가져온 씁쓸한 슬픔을 잠시 잊고 가까이 다가갔다. 줄리앙은 문 쪽으로 서 있어서 그녀가 다가오는 것을 보지 못했다. 그의 귀 아주 가까이 부드러운 목소리가 들렸을 때 그는 소스라쳤다.

- 청년은 무슨 일로 왔나요?

줄리앙은 흠칫 돌아보다가, 레날 부인의 우아함 넘치는 눈빛에 사로잡혀, 자신의 수줍음을 어느 정도 잊어버렸다. 곧 그녀의 아름다움에 놀라서 자신이 무엇을 하러 왔는지조차 다 잊어버렸다. 레날 부인은 질문을 반복했다.

- 저는 가정교사 일로 왔습니다, 부인.

그는 그렇게 간신히 대답하면서, 흘린 눈물이 부끄러워 열심히 닦아냈다.

레날 부인은 당황스러웠다. 두 사람은 너무도 가까이서 마주 보고 있었다. 줄리앙은 그렇게 잘 차려입은 사람을, 더욱이 너무나 눈부신 얼굴로 다정하게 말해주는 여자를 본 적이 없었다. 레날 부인은 젊은 농부의 뺨에 맺힌 굵은 눈물을 바라보았다. 처음엔 너무나 창백했던 그 뺨은 이제 아주 장밋빛이 되어 있었다. 곧 그녀는 소녀처럼 몹시도 쾌활하게 웃기 시작했다. 그녀는 자신을 비웃으며, 이루 말할 수 없는 기쁨을 느꼈다. 이렇게 생긴 가정교사인 줄 모르고, 옷도 잘 차려입지 않은 칙칙한 사제 같은 사람이 와서 자기 아이들을 야단치고 때릴까 상상했다니!

- 그럼, 선생님은 라틴어를 아시나요.

마침내 그녀가 말했다.

선생님이라는 말에 몹시 놀라서 줄리앙은 잠깐 생각에 잠겼다.

- 예, 부인.

그가 머뭇거리며 말했다.

레날 부인은 너무나 기뻐서 대뜸 줄리앙에게 말했다.

- 우리 아이들을 너무 꾸짖지는 않으시겠지요?

- 제가 꾸짖다니요? 왜요?

줄리앙이 놀라서 말했다.

- 그렇지요? 선생님.

그녀는 잠깐의 침묵 후에 순간순간 감정이 더해가는 목소리로 덧붙였다.

- 아이들한테 잘해 주시겠지요? 약속해 주시겠어요?

또다시 선생님이라고 아주 진지하게 부르는 소리를 듣게 될 줄, 그것도 너무나 잘 차려입은 귀부인에게서 듣게 될 줄은 전혀 예상하지도 못한 줄리앙이었다. 젊음의 온갖 공상 속에서도, 그가 아름다운 군복을 입게 되지 않는 한, 어떤 귀부인도 말을 걸어오지 않을 것이라고 그는 생각했었다. 한편 레날 부인은 줄리앙의 아름다운 얼굴과 커다란 검은 눈, 그리고 머리를 식히느라 공공 분수전 물에 적신 탓에 보통 때보다 더 곱슬곱슬한 그의 예쁜 머리카락에 완전히 홀린 상태였다. 그녀는 아이들한테 얼마나 엄하고 혐오스러운 모습일까 두려워했던 운명의 가정교사에게서 소녀 같은 수줍은 모습을 발견하게 되어 더없이 기뻤다. 평온한 영혼을 가진 레날 부인에게는, 그녀가 염려했던 것과 그녀가 지금 보고 있는 것의 대조가 하나의 큰 사건이었다. 이윽고 그녀의 정신은 뜻밖의 기쁨에서 깨어났다. 그녀는 이렇게 집 문 앞에서 그냥 셔츠만 입은 젊은이와 너무나 가까이 있게 되어서 새삼 놀랐다.

I, 6.

앙리-조제프 뒤부세, 『적과 흑』의 삽화, 1884

　마주한 두 사람은 육체적 거리만 가까운 것이 아니다. 서로에 대한 경탄으로 정신적 거리도 사라졌다. 나이와 빈부 계급의 차이와 소심한 성격까지 잊은, 무장 해제 상태의 만남이다. 두 사람은 사회적 존재의 무게를 벗고, 소년과 소녀처럼, 서로 순수한 내면을 드러낸다. 순수의 촉매는 눈물이다. 눈물은 남성성의 가면을 벗기고 여성의 화장을 씻어낸다. 모두의 시선 밖에서, 눈물을 흘리는 남자와 그것을 보는 여자 사이에 "자연" 그대로의 교감이 이루어진다. 두 영혼은 서로에게 활짝 열린다. 그것이 두 사람이 함께 느끼는 "놀라움"의 진실이다.

　놀라움의 효과는 크다. 그것은 사랑의 여러 단계를 불사른다. 신분 차이에 민감하고 지극히 소심한 줄리앙이 어느 순간 대담하게 레날 부인의 손에 입맞춤한다. 정숙한 부인은 깜짝 놀란다. 그 "충격"은 오히려 그녀의 열린 마음을 자극한다. 그녀는 줄리앙의 초라함에 대해 동정을 느끼고, 그의 가난을 생각하며 눈물까지 흘린다. 그의 "지독한 무지"조차 너그럽게 보고, 그를 좋아하는 하녀를 "연적"으로 느낀다. 그 감정들은 사랑의 다른 이름들이다. 그녀도 자각한다. "내가 줄리앙에게 사랑이라도 품은 것일까?"(I, 8) 줄리앙은 더 대담해진다. 다른 사람이 레날 부인 옆에 있는데도 몰래 그녀의 손을 잡는다. 그도 그녀도 주저하고 두려워하지만, 몸은 이미 열린 영혼의 힘에 저항하지 못한다.

그러나 두 사람의 마음은 같지 않다. 손을 잡힌 레날 부인은 "사랑한다는 행복에 들뜬" 상태지만 줄리앙은 "소심함과 자존심의 싸움"에서 자신을 이기고 상대에 대해 "우위를 쟁취"했다는 기쁨을 느낀다. 불우하게 태어나 멸시받으며 자라난 그는 사랑의 욕구보다 신분 상승의 야심이 더 크다. "동등하지 않으면 사랑도 없다"(I, 14). 그래서 그의 사랑은 전투적이다. 첫 만남에서 손등에 입맞춤을 "결행하기" 위해 그는 안색이 창백해질 만큼 격한 "내적 갈등"을 억누른다. 손을 쥐는 행위도 "자신의 명예를 걸고" 마치 "처음 결투"하듯 떨면서 필사적으로 한다. 반면 순진한 그녀는 무방비다. 그의 무례하고 거친 언행도 그녀는 "사랑이 영혼에 심어준 아량"으로 받아들인다. 그러나 동등한 관계의 성립은 어디서나, 사랑에서도, 어렵다. 사랑의 차이는 주종 관계를 낳는다. 그녀의 손처럼 그녀의 마음도 그의 것이 된다.

"승리"를 확실히 하기 위해 줄리앙은 한 번 더 경계를 넘어선다. 그는 부인에게 한밤중에 찾아가겠다고 "예고"한 뒤 사다리를 타고 그녀의 방으로 올라간다. 사다리는 수직적 등급 상승을 상징한다. 레날 부인의 방에 올라간 줄리앙은 그녀와 같은 '레벨'에서, 대등하게, 사랑을 '나눈다'. 그녀가 여전히 "열광에 휩싸여" 있는 동안, 자기 방으로 돌아온 줄리앙은 생각한다. "행복하다는 것, 사랑받는다는 것이 겨우 이것인가?"(I, 15) 그러나 사랑의 힘은 생각보다 훨씬 강하다. 시간이 흐르면서 줄리앙의 "검은 야심"도 그녀의 사랑에 녹아든다. 어느 사이 "그는 더없이 온순하게, 사랑 가득 반짝이는 눈길로 그녀를 바라보며, 그녀의 말에 귀 기울이는" 남자가 된다(I, 17). 위독한 아이에 대한 걱정과 죄의식에서 비롯된 "정신적 위기"를 함께 겪으면서, 그는 진심으로 그녀를 사랑한다.

앙리-조제프 뒤부셰, 『적과 흑』의 삽화, 1884

그 커다란 정신적 위기가 줄리앙과 연인을 이어주던 감정의 본질을 변화시켰다. 그의 사랑은 더 이상 아름다움에 대한 찬미, 그 아름다운 여인을 소유하겠다는 자부심 정도에 그치는 것이 아니었다.

그들의 행복은 이제 훨씬 상위의 본질에 속하게 되었고, 그들을 삼키는 불꽃은 더 강렬해졌다. 그들은 광기 가득한 열광에 휩싸였다.

I, 19.

이 열광은 경이로운 첫 만남이 일찍이 열어놓은 것이다. 행복의 문은 두 사람의 관계를 밀고하는 익명의 편지에 의해 닫힌다. 그는 그녀를 떠나 신학교로 들어간다. 그리고 한참 후 ― "14개월의 잔혹한 이별 후" ― 파리로 떠나기 전 그녀를 찾아간다. 마지막으로 다시 한번 사다리를 타고 그녀 방에 잠입한다. 눈물로 그녀의 닫힌 마음을 열고, 사랑을 쏟은 후, 다시 "야심가"가 되어 완전히 그녀를 떠난다.

마틸드와의 사랑은 정반대다. 첫 만남부터 전혀 다르다. 별 의미가 없다.

모두 식탁에 둘러앉았다. 줄리앙은 후작 부인이 약간 목소리를 높여 엄하게 말하는 것을 들었다. 바로 그때 완연한 금발에 아주 잘 치장한 젊은 여자가 나타나 그의 맞은편 자리에 앉았다. 조금도 마음이 끌리는 여자가 아니었다. 그렇지만 그녀를 주의깊게 바라보면서, 그는 그렇게 아름다운 눈을 본 적이 없다고 생각했다. 그러나 그 눈은 아주 차가운 영혼을 나타내 보이고 있었다. […] 식사가 끝날 무렵, 줄리앙은 마틸드 양의 아름다운 눈을 표현하기에 적당한 말을 생각해냈다. 그것은 '반짝거리는'

눈이었다. 어쨌거나 그녀는 몹시도 어머니와 닮아 보였다. 그 어머니가 점점 더 싫어지는 참이어서, 그는 그녀에게서 시선을 거두었다.

Ⅱ, 2.

마틸드는 차갑고 똑똑하고 자부심이 강하다. 그녀의 "반짝거리는 눈"은 넘치는 "기지의 불꽃"이다. 살롱이 열릴 때면 그녀 주위에 많은 젊은 귀족들이 모여든다. 그러나 그녀는 뭇 남자를 경시한다. 아버지 라몰 후작의 비서인 줄리앙과 그녀의 거리는 멀기만 하다. 해가 바뀌도록 두 사람은 별다른 관심을 느끼지 못한다. 재기발랄한 만큼 주위 사람들에게 따분함만 느끼던 그녀는 어느 날 문득 "다른 남자와 똑같지 않은" 그에게 흥미를 느낀다.

너무나 아름다운 그 눈, 아주 깊은 권태에, 즐거움이라고는 찾을 수 없다는 절망감까지 깃든 그녀의 눈길이 줄리앙에게 멈췄다.

Ⅱ, 8.

그녀는 그를 무도회에 초대한다. 짐짓 무관심하던 줄리앙은 무도회에서 젊은 귀족들이 "고귀한 마틸드"를 찬양하는 얘기를 듣고 새삼 매력과 욕망을 느낀다. 유혹의 유희가 시작된다. 그것은 지적 대화 형태를 띤다. 냉담과 경멸을 가장하기도 한다. 자존심의 전쟁이다. 그는 매일 그녀를 볼 때마다 "오늘은 우리가 친구인가 적인가" 자문한다. "사형선고를 받는 명예가 남자의 최고 품성"이라 여기는 그녀는 나폴레옹처럼, 당통처럼, 혁명적인 "에너지"를 지닌 그를 좋아한다. "사회적 지위가 나와는 너무나 다른 남자를 감히 사랑한다는 것만 해도 대단하고 대담한 것 아닌가." 그것을 그녀는 사랑이라 생각한다. "이건 사랑의 기쁨이야. […] 나는 사랑을 하고 있어. 사랑이야. 분명해"(II, 11). 분명 그것은 사랑이 아니라 사랑한다는 관념이고 허영이다. 마침내 그녀의 고백 편지를 받았을 때 줄리앙이 느끼는 것도 사랑의 기쁨이 아니라 승리의 기쁨이다. 그에게 그녀는 "적"이다. 그는 "전투"를 하고 "전략"을 짠다. 이번에도 두 사람의 합은 사다리를 통해 이루어진다. 그 도구를 제안하는 것은 마틸드다. 혹시 함정일까 줄리앙은 권총까지 품고 올라간다. 방에 들어가서도 그는 "전혀 사랑을 느끼지 못하고", 포옹을 하고서도 "자존심의 기쁨"만 느낀다.

진정 그것은 레날 부인 곁에서 이따금 맛보았던 그런 영혼의 쾌감은 아니었다. 이 첫 순간 그의 감정들 속에 애정이라고는 전혀 없었다.

II, 16.

승리는 냉정한 남자의 몫이다. 그 "승리의 표정"을 보고 마틸드는 "후회"와 "고통스러운 수치"를 느낀다. 그녀는 다시 "냉담"과 "도도함"으로 무장한다. 그를 "지배자"로 만들고 자신을 "노예"로 만든 것에 "분노"한다. 그들은 "서로에 대해 더없이 격렬한 증오"를 느낀다. 그는 "영원한 비밀"을 맹세하며 절교를 선언한다. 바로 그 순간부터 그는 사랑을 인식하고 괴로워한다. 절망 끝에 그는 다시 사다리를 타고 올라가서 사랑을 쟁취한다. 그녀는 다시 스스로 "노예"라고 선언하며 "주인"에 대한 "영원한 복종"을 맹세한다. 그러나 "영원"은 또

허사다. 그녀는 바로 후회를 시작한다. 두 사람의 사랑은 "머리로 하는 사랑"이다. 가슴으로 받아들이지 않는다. 마음을 빼앗기면 자존심이 되살아난다. 굴종을 참지 못한다. 마틸드는 "아주 극단적인 경멸의 표현"으로 굴욕을 되갚는다. 이제 지배자는 그녀다.

그는 정말 사랑을 했던 것일까. 알 수가 없었다. 단지 고통에 신음하는 그의 영혼 속에 마틸드가 그의 행복과 상상력의 절대적 지배자가 되어 있다는 것을 그는 느꼈다.

II, 24.

자기혐오에 빠진 연인은 자부심을 회복할 길을 찾는다. 그는 유혹의 기술을 배우고 실행한다. 실험 대상은 라몰 후작 부인과 가깝고 지위가 높은 페르바크 부인이다. 그는 그 부인의 환심을 사고 거짓 연애편지를 보내 유혹한다. 마틸드에게는 눈길도 주지 않는다. 잦은 만남과 수많은 편지 끝에 페르바크 부인은 호의의 답장들을 보내오고, 그것을 지켜보고 있던 마틸드는 폭발한다. 그녀는 그의 품에 무너져내린다.

– 아! 용서해주세요, 친구.

그녀는 그의 무릎에 매달리며 덧붙여 말했다.

– 원한다면 나를 경멸해도 좋아요. 그렇지만 날 사랑해 주세요! 당신 사랑 없이 더는 살 수 없어요.

그리고 그녀는 완전히 정신을 잃었다.

II, 29.

이른바 "삼각형의 욕망"이다. 주체(마틸드)와 대상(소렐) 간의 자연발생적 욕망이 아니라, 동류 혹은 경쟁 관계에 있는 매개자(페르바크 부인)의 행위와 욕망이 주체에게 대상에 대한 욕망을 촉발하는 메커니즘을 말한다(르네 지라르,『낭만적 거짓과 소설적 진실』). 더 간단한 설명도 있다. 모두가 아는 질투의 힘이다. 질투는 사랑의 갖가지 감정들 가운데 그 어느 것보다 강하다. 자존심이 강할수록 그 효과는 강렬하다. 감정의 함정에 빠진 마틸드는 "숙명적 사랑"을 받아들인다. "비로소 마틸드는 사랑했다."

줄리앙의 완전한 승리를 뒤집는 것도 질투의 힘이다. 라몰 후작에게 레날 부인의 편지가 전해진다. 그녀는 "신앙과 도덕의 신성한 동기"에 따라 진실을 밝힌다. 줄리앙의 "유일한 목적은 집주인의 마음과 재산을 제 마음대로 하는 것"이다. 그것은 온전한 진실이 아니다. 신실한 그녀의 글을 움직이는 것은 종교적 "의무감"이 아니라 질투의 감정이다. 줄리앙은 그길로 달려가 교회에서 기도하는 레날 부인에게 총을 겨눈다.

질투는 끝까지 지배한다. "여전히 아주 고통스러운 질투의 감정"에도 불구하고 마틸드는 감옥에 갇힌 줄리앙에게 헌신한다. 그러나 그녀가 보여주는 "열렬한 애정"에도 그는 스스로도 놀랄 만큼 "무심"하기만 하다. 그의 마음은 온통 레날 부인에게 가 있다. 죽음을 앞두고, 그는 그녀를 "미치도록 사랑하고 있었다". 줄리앙이 단두대에 처형된 후 두 여자의 사랑은 극명한 대조를 이룬다. 마틸드는 잘린 연인의 머리를 대리석 탁자에 올려놓고 이마에 입맞춤한다. 그리고 그가 안치되기를 원한 작은 동굴로 가져가 장례를 치른다.

마틸드의 정성으로, 그 야생 동굴은 큰돈을 들여 이탈리아에서 조각한 대리석으로 장식되었다.

레날 부인은 자신의 약속에 충실했다. 어떻게든 자신의 목숨을 해하려고 하지는 않았다. 그러나 줄리앙이 죽은 지 사흘 후, 그녀는 아이들을 품에 안은 채 죽었다.

요한의 목을 취한 살로메의 허영심과 자부심이 이런 것이었을까. "머리로 하는 사랑"은 기어이 승리를 '머리'로 ― 승리로 머리를 ― 쟁취한다. 열린 가슴으로 시작한 사랑은 죽음까지 함께한다. 첫 만남이 결정한 사랑의 차이다.

프랑스 파리의 몽마르트르 묘지에 있는 스탕달의 무덤

지연된 사랑

레마르크, 『개선문』

레마르크 Erich Remarque (1898-1970)
독일에서 태어나 1차 세계대전 참전 후 『서부 전선 이상 없다』 발표(1929).
나치 탄압을 피해 스위스, 미국에서 작품 활동을 계속하다 종전 후 귀국했다.
대부분 전쟁의 비극을 그린 작품이다.
—『개선문』 (1946)

　1938년 늦가을. 전쟁의 기운이 감도는 프랑스 파리. 비가 쏟아질
것 같은 밤. 개선문 근처 센강의 어느 다리. 한 남자와 여자가 엇갈리
듯 만난다. 번갯불 같은 만남, 한눈에 반한 사랑이 아니다. 황홀한 빛
이나 아름다움이라곤 없다. 그저 어둡고 암울하다. 무심한 눈빛. 퀭
한 얼굴, 공허한 말과 몸짓은 그로테스크하기까지 하다. 『개선문』의
맨 첫 부분이다.

　여인은 라비크 쪽으로 비스듬히 다가왔다. 걸음은 빨랐지만, 기이하게
비틀거렸다. 그녀가 바로 옆으로 왔을 때 그는 제대로 그녀를 보았다. 창
백한 얼굴에 광대뼈가 나오고 미간이 넓었다. 굳은 표정이 가면이라도 쓴
것처럼 느껴졌다. 움푹 들어간 듯한 안면에 가로등 불빛을 받은 그녀의
눈이 유리처럼 공허하게 빛나는 것을 그는 보았다.

여인은 그의 곁을 스칠 듯 지나갔다. 그는 손을 뻗어 그녀의 팔을 잡았다. 그 순간 그녀는 비틀거렸고, 그가 붙잡지 않았으면 쓰러질 뻔했다.

[…]

라비크는 그녀가 그를 전혀 보고 있지 않다고 느꼈다. 그녀의 시선은 그를 가로질러 텅 빈 밤 어딘가를 향하고 있었다. 그는 단지 그녀가 걸음을 멈추고 말을 하게 하는 그 무엇에 지나지 않았다. "날 놓아주세요."

[…]

라비크는 다리 난간에 기댔다. 축축하고 숭숭한 돌의 감촉이 손바닥에 느껴졌다. "혹시 저리로 가려는 거요?" 그는 고개로 뒤쪽 아래를 가리켰다. 센강이 회색빛으로 반짝이며 알마교의 그림자 속으로 쉼 없이 흘러들고 있었다.

여인은 대답하지 않았다.

"너무 일러요." 라비크가 말했다. "너무 일러 너무나 물이 차요, 11월은."

그는 담뱃갑을 꺼내들고 주머니에서 성냥을 찾았다. 조그만 성냥갑에 성냥 두 개비밖에 없는 것을 보고, 그는 강에서 불어오는 가벼운 바람을 막으려 두 손으로 감싼 불꽃으로 조심스럽게 고개를 숙였다.

"나도 한 대 주세요." 여인은 맥없는 목소리로 말했다.

여인의 이름은 조안. 그녀는 단역 배우다. 아름다운 여자지만 라비크의 눈에는 보이지 않는다. 그의 눈에는 모든 것이 회색빛이다. 그는 현실에 마음을 닫고 있다. 과거가 현재를 말살한다. 덮어놓은 그의 기억 속에는 고문과 형벌, 가까운 사람들의 죽음이 있다. 그는 나치 수용소를 탈출해서 파리에 숨어 사는 독일인이다. 그는 의사다.

뛰어난 의사지만 지금은 몰래 대리 수술을 하며 살아간다. 그에게 타인은 수술대에 놓인 살덩이에 지나지 않는다. 따뜻한 마음은 삼간다. 속은 낭만주의자에 휴머니스트지만, 외투깃을 꼭 여미고 산다. 그는 술로 다 잊는다. "누가 잊지 않고 살 수 있을까? 그러나 누가 충분히 잊을 수 있을까?"(III) 독하고 강한 질감에 사과 향이 배어나는 칼바도스는 그가 좋아하는 술이다. "무엇인가 씻어내야 할 것"이 있을 때 그는 그 술을 찾는다. 두 사람은 술집으로 가서 칼바도스를 마신다. 그는 곧 그녀의 이름을 잊는다.

그런 그가 다시 사랑에 눈뜬다. 애써 부정하지만, 사랑의 환상이 차츰 차오른다. 조안은 무심한 그의 마음을 두드린다. 두 사람은 칼바도스를 마시러 다시 같은 술집으로 간다. 그녀가 "살면서 마셔본 가장 훈훈한" 술이다. 그녀의 "차갑고 밝은 얼굴"이 그의 시선을 끈다. "공허한 얼굴", 바라보며 꿈꾸는 사람에 따라 "궁전도 유곽도 될 수 있는" "아름다운 빈집" 같은 얼굴이다. 그들은 마주 바라본다. 그녀가 말한다. "당신을 기다렸어요." 그녀의 눈을 들여다보며 그가 말한다. "나는 당신을 오늘 처음 만났소." 그녀도 동조한다. 첫 만남이 재현된다.

그는 가볍게 들이쉬고 내쉬는 그녀의 숨결을 느꼈다. 그 숨결의 떨림이 보이지 않게 그에게로, 부드럽게, 무게 없이, 준비된 마음과 가득한 믿음을 전해주었다 — 기이한 밤 기이한 현존의 느낌. 갑자기 그는 자신의 피가 솟아나는 것을 느꼈다. 피가 솟고 또 솟았다. 그 이상이었다. 삶, 수없이 저주하고 맞이했던, 되풀이해서 잃고 되찾았던 삶 — 한 시간 전만 해도 헐벗은 채, 과거만 가득하고 위안거리도 없던, 메마른 풍경 — 이제는 자꾸만 솟아나 더 이상 믿지 않았던 신비에 가까워지는 순간. 그는 다시 최초의 인간이 되어 바닷가에 서 있고, 파도들 위로 하얗게 빛나며 솟아난 한줄기 물음이자 대답인 그것은 솟고 또 솟아올라 눈 위로 폭풍 같은 현기증을 일으켰다.

VIII.

그는 최초의 인간이 되어, 최초의 환희에 젖어, 다시 그녀와 밤을 보낸다. "두 번째 밤이란 결코 없다. 언제나 첫날밤이다." 다음 날 저녁에 만난 그녀에게 라비크는 장미를 건넨다. 그녀는 새로 태어난 것 같은 기쁨을 말한다.

사과로 만든 브랜디 칼바도스. 라비크에게 불안과 허무를 달래주는 구원의 술이다.

오늘 내가 뭐 했는지 아세요? 살았어요. 다시 살아났어요. 숨을 쉬었어요. 다시 숨을 쉬었어요. 세상에 나왔어요. 다시 태어났어요. 처음으로. 다시 손이 생겼어요. 눈과 입도 생겼어요.

IX.

환하게 열린 그녀를 보며, 그는 다시 움츠러든다. 아침에 한 수술을 생각한다. 얼마 전 수술을 한 암 환자를 생각한다. 조안과 함께 호텔로 가기 전에 그는 다시 병원으로 생명이 얼마 남지 않은 그 여인을 보러 간다. 열린 마음은 혼자 있는 밤이면 흔들린다. 라비크는 다잡는다. "마음을 뒤흔드는 것은, 아무것도 안 된다. 정사, 그 이상은 안 된다." 그러나 이미 "마음속으로 스며든 무언가"가 그를 움직인다. 기억이 작동한다. 때아닌 봄 향기, "4월의 숲 냄새", "목장의 미풍"이 스쳐 지나간다.

그녀는 오지 않는다. 그는 찾아가지 않는다.

다음 날 새벽 그녀가 꽃을 들고 나타난다. 그녀는 사랑한다고 말한다. 그는 모른다고 대답한다.

그는 자문한다. "나는 왜 스스로 저항하는가." 이번에는 그가 조안을 찾아간다. 그는 말한다.

여기, 우리 앞에는 밤이 있어. 몇 시간이지만 영원이야. 아침이 창을 두드릴 때까지. 사람이 서로 사랑한다는 것, 그것이 전부야. 하나의 기적이고 세상에서 가장 자명한 것이지.

XII.

영원은 순간이다. 아름다움은 "한순간의 사랑스러운 영원"이다. 사랑이라는 "자명한" 감정도 시간이 지운다. 서로 가까이 다가가면서 이미 그들은 결별을 예감한다. 그들은 최상의 칼바도스를 마신다. 그녀가 말한다. "이 칼바도스를 마시면 다른 것은 마시고 싶지 않겠어요." 그가 말한다. "아니, 다른 것도 마시게 될 거요." 그는 이미 알고 있다. "그녀는 마실 때는 마시는 게 전부다. 사랑할 때는 사랑이 전부, 절망할 때는 절망이 전부다. 잊을 때는 다 잊는다." 그녀는 다른 남자를 들인다.

라비크는 그녀와 여행을 떠난다. 지중해 바다. 빛나는 수평선. 한가로운 햇살. 보트 탄 남자들. 카지노. 마냥 편치 않다. 라비크는 파리로 돌아가면 헤어지리라 생각한다.

파리. 라비크는 길에서 사고당한 사람을 응급조치하다가 조사를 받고 체포되어 추방당한다.

3개월 후, 다시 파리. 라비크는 조안을 찾는다. 그녀는 다른 남자와 산다. 그는 칼바도스를 들이킨다. 밤. 무작정 걷는다. "사랑의 어둠, 공상의 위력." 그녀의 집. 불 켜진 창을 바라보며 날카로운 고통을 느낀다. 질투인지 자기혐오인지 모른다. 갑자기 천둥이 치고 비가 쏟아진다.

비가 노래하기 시작했다. 굵은 빗방울이 그의 얼굴을 따갑게 두드렸다. 그러자 갑자기 그는 자신이 어리석은지 비참한지, 괴로운지 아닌지, 더는 알 수가 없었다 — 단지 살아 있다는 것만 알았다. 나는 살아 있다! 나는 여기 있다. 존재가 다시 그를 붙들고, 흔들었다. […] 행복한지 불행한지는 별 상관없었다. 그는 살아 있었고, 그는 자신이 살아 있다는 것을 충만

하게 느꼈고, 그리고 그것으로 충분했다.

XXIII.

내리는 빗속에서 솟아나는 삶의 희열과 함께 그는 질척한 사랑을 씻어낸다. "그는 삶 자체의 단순한 힘으로 다시 태어났다." 그러나 소생의 기쁨도 사랑처럼 순간이다.

"세상의 멸망"이 다가온다. 피난민들은 떠난다. 이제 더 달아날 곳이 없는 사람들은 남는다. 라비크는 파리에 남는다. "이제 끝이라 해도, 그것으로 충분했다. 그것으로 좋았다. 그는 한 사람을 사랑했고,

그 사람을 잃었다." 상실감과 충만감은 현실로 나타난다. 그에게 총상을 입은 조안의 소식이 전해진다. 그녀는 죽어간다. 그는 그녀를 병원으로 옮겨 직접 수술을 해보려 하지만 수술조차 불가능하다. 죽음을 막을 수 없다. 죽음 앞에서 두 사람은 첫 만남을 다시 이야기한다. 그녀는 가득한 사랑을 이야기한다. 사랑한다고 거듭 말한다. 그는 답한다. "당신은 나의 삶이었소. […] 당신은 나를 살게 해주었소, 조안." 사랑도 삶도 사라지고 죽음만 남는다.

슬픈 대지의 인연

뒤라스, 『연인』
영화 〈연인〉

뒤라스 Marguerite Duras (1914-1996)
프랑스 식민지 사이공에서 태어나 유년기와 사춘기를 보낸 소설가, 영화작가.
자전적 이야기에 감각적이고 관능적인 주제를 독특한 서술 기법으로 풀어냈다.
— 『연인』 (1984)

영화 〈연인〉 (1992, 장 자크 아노 감독, 시나리오)

MARGUERITE DURAS

L'AMANT

☆m

LES ÉDITIONS DE MINUIT

프랑스판 『연인』의 초판 표지

『연인』은 아름다운 소설이다. 서술과 문체가 더없이 아름답다. 뒤라스의 글쓰기는 지나간 소녀 시절의 이미지를 복원한다. "아직도 나 혼자서만 보는 그 이미지는 […] 늘 같은 침묵 속에서, 환하게 빛난다." 그 이미지는 아름답게 빛나지만, 그 시절 자체는 그렇지 않다. 버겁고 어둡다. 그래서 "나"의 이미지 복원은 쉽지 않다. 망설임과 두려움이 글을 휘감는다. 글은 많은 단락으로 나누어지고 단락들 사이에는 침묵 같은 여백이 자리한다. 나의 "연인"의 복원은 더 어렵다. 그의 등장이 지연되는 이유다. 첫 만남의 이야기를 시작하는 순간부터 그 "남자"가 나타나 내 곁에 서기까지 삼십 페이지가 넘어간다. 이야기는 배에서 기숙사로, 집으로, 만남에서 가족 이야기로, 나의 옷과 모자에서 어머니에게로, 늙은 나에게서 소녀에게로, 그 시절에서 긴 삶의 이야기로, 현재에서 다시 과거로, 또 다른 시간으로, 마치 물결처럼 겹겹이 흐른다. "흐르는 글쓰기" 속에서 지연되는 그 시간은 곧 나와 그의 거리다. 나는 백인 소녀, 그는 중국인 남자, 나는 열다섯, 그는 스물일곱이다.

다시 말하지만, 내 나이 열다섯 살 반이다.

나룻배로 메콩강을 건너간다.

그 이미지는 강을 가로지르는 동안 내내 지속된다.

열다섯 살 반. 그 나라에는 계절이 없다. 우리는 덥고, 단조롭고, 유일한 계절 속, 대지의 기나긴 습지대 속에 있다. 봄도 없고, 되살아나는 것도 없다.

[⋯]

열다섯 살 반. 강을 가로지른다. 사이공으로 돌아갈 때, 특히 버스를 탈 때는, 여행하는 것 같다. 그날 아침도, 어머니가 운영하는 여학교가 있는 사덱에서 버스를 탔다. 어느 방학인지 모르겠지만, 방학이 끝나는 날이다. 어머니의 작은 사택에서 방학을 보내러 갔다. 그리고 그날, 나는 사이공으로, 기숙사로 돌아가고 있다.

[⋯]

나는 버스에서 내린다. 뱃전으로 간다. 나는 강물을 바라본다. [⋯] 버스가 나룻배에 오르면, 밤에도, 나는 항상 버스에서 내린다. 늘 겁이 나서, 밧줄이 풀어져서, 바다로 떠내려갈까 겁이 나서 그렇다. 무섭게 흐르는 물속에 내 삶의 마지막 순간이 보인다. [⋯]

나는 비단 원피스를 입고 있다. 낡아서, 속이 다 비치는 옷이다. 예전에 어머니가 입던 옷이었다. 어느 날 너무 밝다고 입지 않더니, 그 옷을 나에게 주었다. 소매가 없고, 깃이 많이 파인 옷이다. 낡아서 거뭇한 색이 도는 옷이다. 바로 그 옷이 기억난다. 나에게 어울리는 옷 같다. 허리는 아마도 오빠들의 허리띠였을 가죽 띠로 졸라매고 있었다. 그 당시 신었던 신발들은 모르겠지만 몇몇 원피스는 기억난다. 대개 나는 맨발에 천으로 만든 샌들을 신었다. 사이공 중등학교에 다니기 이전 얘기다. 그다음부터는 물론 늘 구두를 신었다. 그날 나는 분명 금실 무늬가 있는 굽 높은 그 구두를 신었을 것이다. 그날 신었을 다른 어떤 신도 생각나지 않는다. 그러니까 나는 그 구두를 신고 있다. 어머니가 바겐세일 때 사준 것이다. 나는 금실 무늬 구두를 신고 학교에 간다. […]

그날, 소녀의 차림에서, 색다른, 희한한 것은 구두가 아니다. 그것은 그날 소녀가 쓴 남자 중절모, 큰 검은 리본이 달린 장밋빛 나무색의 펠트 모자다.

이미지의 결정적 모호함은 그녀가 그 모자 속에 있다는 것이다. […]

[…]

나룻배 위, 버스 옆에, 커다란 검은색 리무진이 있고 하얀색 면으로 된 제복을 입은 운전기사가 타고 있다. […]

운전기사와 주인 사이에는 칸막이 유리창들도 있다. 접이의자들도 있다. 그래도 방만큼이나 크다.

그 리무진 속에서 아주 우아한 남자가 나를 바라본다. 백인이 아니다. 그는 유럽 스타일 옷을 입고 있다. 사이공 은행가들이 입는 밝은색 명주 옷감 양복 차림이다. 그가 나를 바라본다. 누가 나를 보는 것에 나는 이미 익숙하다. 식민지 사람들은 백인 여자들을 바라본다. 열두 살짜리 백인 여자아이들도 마찬가지다. 3년 전부터 백인 남자들도 길에서 나를 바라보고, 어머니의 남자 친구들은 아내들이 스포츠 클럽에서 테니스를 치는 시간에 자기들 집에 간식이라도 하러 오지 않겠느냐고 상냥하게 묻는다.

[…]

우아한 남자가 리무진에서 내려 영국 담배를 피운다. 그는 남자 펠트 모자에 금빛 구두를 신은 소녀를 바라본다. 그가 천천히 그녀에게로 온다. 분명 겁먹은 모습이다. 그는 먼저 웃지도 않는다. 먼저 그는 그녀에게 담배를 권한다. 그의 손이 떨린다. 인종이 달라서다. 그는 백인이 아니다. 차이를 이겨내야 한다. 그래서 그는 떤다. 그녀는 그에게 고맙지만 담배를 피우지 않는다고 말한다. 다른 아무 말도 하지 않는다. 그녀는 혼자 있게 해달라고 말하지 않는다. 그러자 그가 덜 겁낸다. 그러자 그가 꿈꾸는 것 같다고 말한다. 그녀는 대답하지 않는다. 굳이 대답할 것이 없다. 뭐라고 대답하겠는가. 그녀는 기다린다. 그러자 그가 묻는다. 어디서 오는 건가요? 그녀는 사덱 여학교 교사의 딸이라고 말한다. 그는 생각하더니, 그 부인, 그녀의 어머니 얘기를 들은 적 있다고, 캄보디아에서 개간지를 사려다 실패했다는 얘기를 들었다고 말했다. 그렇지 않나요? 그래요, 맞아요.

그는 이 배에서 그녀를 만나서 참으로 놀랍다고 거듭 말한다. 이렇게 이른 아침, 그녀처럼 아름다운 소녀를, 생각 좀 해봐요, 아주 뜻밖이에요,

원주민 버스를 탄 백인 소녀를 보다니.

그는 그녀에게 말한다. 모자가 잘, 아주 잘 어울린다고, 참신하다고… 남자 모자라… 왜 안 되겠냐고, 그녀가 너무 예쁘니까, 그녀는 뭘 해도 된다고.

그녀가 그를 바라본다. 그에게 누구냐고 묻는다. 그는 파리에서 공부를 마치고 왔다고, 그도 사덱에 산다고, 바로 강가에, 커다란 테라스에 파란색 세라믹 난간이 있는 커다란 집에 산다고 말한다. 그녀가 그에게 어느 나라 사람이냐고 묻는다. 그는 중국인이라고, 가족이 중국 북부 푸슈앙 출신이라고 말한다. 사이공에 있는 집까지 내가 데려다줘도 괜찮겠어요? 그녀는 좋다고 한다. 그는 운전기사에게 버스에 있는 소녀의 짐들을 챙겨서 검은 자동차에 넣으라고 말한다.

중국인. 그는 식민지에 있는 모든 개인 소유 부동산을 차지한 중국계 소수 재력가 집안에 속한다. 그는 그날 메콩강을 건너 사이공으로 가는 참이었다.

그녀는 검은 자동차 안으로 들어간다. 차문이 닫힌다. 어렴풋한 비탄이 갑자기 생겨난다. 강물 위에서 흐려지는 빛, 어떤 피로감이 스친다. 아주 가볍게 귀가 먹먹한 느낌도 있고, 사방이, 안개다.

"연인"에게로 가는 글의 길이 참 멀다. 그가 나타날 시점에서 나는 다른 나, 다른 곳, 다른 사람, 다른 것들로 눈을 돌린다. 이처럼 우회적인 만남도 드물다. 대개의 첫 만남은 섬광처럼 묘사된다. 운명적인 사랑은 프랑스어 관용 표현처럼 "벼락같은 만남"(coup de foudre)

의 순간을 선사한다. 사랑의 글쓰기는 그 순간의 빛을 연장한다. 『연인』의 글쓰기는 반대다. 한정 없이 떠돈다. 지연된 시간만큼 확장되는 것은 나르시시즘의 공간이다. 이만큼 자의식 넘치는 첫 만남도 없을 것이다.

1960년, 46살의 뒤라스

소설 『연인』은 지극히 자기애적이다. 단순히 일인칭 시점에 자전적인 이야기를 담고 있어서가 아니다. 자서전적 소설의 위험을 작가가 모르는 것이 아니다. 오히려 그것을 즐긴다. 만남의 기억 이미지에 대해 그녀는 말한다. "그것은 누락되었다. 그것은 잊혔다." 그녀는 그 "공백"을 "덕목" 삼아 "절대의 창조자", 완전한 창작자의 지위를 누린다. "누구에게도 말하지 않고 혼자서만" 간직한 소녀 시절 이미지를 되살리는 뒤라스의 작업은 단순한 재현이 아니라 재생이다. 열다섯 살 반, 열다섯 살 반, 강, 배, 차… 반복되는 말들은 초혼의 주문이다. 그녀는 부재하는 이미지를 불러들이고 옷을 입힌다. 낡은 비단 원피스를 입히고, 닳은 금실 무늬 구두를 신기고, 남자 허리띠를 묶이고, 모자를 씌운다. 옷과 신은 점점 생생해지고, 남자 모자는 두드러진다. 열다섯 살 소녀의 이미지는 생기를 띠고 욕망에 부푼다. 욕망은 옷을 통해 보이고, 구두에서 빛나고, 남자용 허리띠와 모자로 짐짓 감추어진다. 감춤을 통한 강조다. 모자는 많은 것을 의미한다. 처음 그 남자 모자를 쓴 순간부터, 그녀는 "몸매의 초라한 가냘픔"을 벗고 "다른 사람"이 된다. "갑자기 내가 다른 여자처럼, 마치 바깥에, 모든 사람의 처분에, 모든 시선에, 도시와 길과 욕망의 순환 속에 놓인 어떤 다른 여자처럼 보인다." 모자의 의미는 역설적이다. 모자는 보호의 이미지로 보호의 결여를 드러낸다. 아버지의 부재와 가난한 사춘기 소녀의 결핍을 드러낸다. 모자가 부르는 또 다른 보호의 상징은 자동차다. 검은 리무진은 소녀를 보호하고 욕망을 일깨운다. 그것은 소녀를 학교나 기숙사에서 사랑의 밀실로 실어 간다. 그 어두운 방에서 소녀는 몸속의 욕망을 불태우고, 깊은 "쾌락"의 바다, "형체 없는, 그저 이를 데 없는 바다" 속으로 빠져든다. 사랑을 나눈 후 느끼는 것은 "슬픔", "비탄"이다. 그가 말한다. "낮 동안, 한창 더운 시간에 사랑을 나누어서" 슬픈 것이라고, "끝나면 항상 비참한" 것이라고. 그녀는 말한다. "슬픔은 내가 기다렸던 것이고, 바로 내게서 비롯되는" 것이라고. "그 슬픔은 너무나 나를 닮아서 내 이름을 붙여주어도 될 정도"이고, 이제는 그 슬픔 속에서 "충만함"을 느낀다고. 『연인』의 자기애는 자기연민이다. "연인"은 슬픔의 다른 이름이다.

영화는 그 점에 주목한다. 영화의 재현 작업은 삭제된 기억, 부재의 이미지를 실사로 전환한다. 서술하는 나의 존재는 제한되고, 나의 연인의 과장된 왜소함은 교정된다. 아노 감독은 단언한다. "그녀는 열다섯, 그는 서른둘이다. 그녀는 백인, 그는 중국인이다. 그녀는 가난하고, 그는 부자다. […] 문제가 다 나와 있다. 성, 돈, 아시아. 그것은 지탱하기 힘든 방정식, 요소들이 서로 끌어당기는 동시에 밀어내는 방정식이다"(『누벨 옵세르바퇴르』, 1992,1). 원래 소설에서 그는 스물일곱이다. "그는 나보다 열두 살 더 많고, 그것이 그를 두렵게 한다." 나이 차이를 더 벌린 의도는 모호하지만, 감독의 소신은 뚜렷하다. 그것은 캐스팅에서 나타난다. 중국인 연인을 맡은 배우는 양가휘 (토니 룽)이다. 그는 무협 영화의 주연을 맡을 정도로 건장한 체구다. 〈연인〉에 출연하던 무렵 그는 〈신용문객잔〉(1992)의 무사 역할, 〈수호지〉(1993)의 임충 역할도 했다. "마르고 힘없고 근육 없고", "아주 연약"하다는 소설의 묘사와는 거리가 멀다. 소설과 달리 큰오빠의 도

영화 〈연인〉의 감독, 장-자크 아노

발에 대꾸하는 그의 표정은 위압적이다. 가족에게 모욕당한 그는 둘만 있을 때 그녀를 난폭하게 대하기도 한다.

　소설과 영화의 충돌은 "고집 센" 두 삭가의 만남에서 이미 시작되었다. 아노와의 첫 대면 후 뒤라스는 제작자에게 말한다. "그 젊은이 괜찮더라. 영화 이야기도 무척 잘하고. 마치 자기 영화라도 되는 것처럼 이야기하더라." 기자가 묻는다. "이 영화는 뒤라스의 『연인』인가 아노의 〈연인〉인가?" 아노의 대답은 단호하다. "이것은 그녀의 이야기이고, 나의 영화다. [⋯] 나는 소설이 내게 유발한 감정들에 충실했다." 아노의 해석이 뒤라스를 불편하게 한다. 나르시스 공간이 파괴된다. 무의식적 미화는 부정된다. 사랑의 회상은 행위의 묘사가 되고, 몽환적 이미지는 실재가 된다. 어쩔 수 없는 장르의 차이다. "말은 환기하고, 이미지는 보여준다." 아노의 말이다. 소설의 상상을 실사로 옮기면서 그는 "점진적으로, 점점 더 사실적인 이미지"로 나아간다. 조금 많이 간다. 그는 금기의 경계를 두드린다. 칠천 명의 후보, 백오십 번의 카메라 테스트에서도 여주인공 역할을 맡을 배우를 못 구한 그는 우연히 청소년 잡지의 표지 모델인 제인 마치를 발견한다. 나이 열일곱, 영화라고는 모르는 소녀다. 그는 그녀를 이야기의 주인공과 동화시키는 데 공을 들인다. 직접 분장도 해준다. 치장한 그녀의 모습은 뒤라스의 어릴 적 모습과 많이 닮았다. 주간지 편집자가 두 사람의 사진을 혼동할 정도다. 영화의 1/4에 해당하는 정사 장면들은 몽마르트의 스튜디오에서 제작 막바지 두 달 동안 집중적으로 촬영되었다. 실제 정사라는 소문도 돌았다. 영화를 찍고 십여 년이 지난 뒤 제인 마치는 술회한다. 그녀는 감독이 그 소문을 조장했다고 탓한다. "그에게 이용당한 느낌이었다"(『데일리 메일』, 2004.3.20). 현실에서 일어나고 소설에서는 상상되는 일이 영화에서는 금기일 수 있다. 실사와 상연으로 성립되는 장르의 법도다. 영화는 에로티시즘의 한계를 넘어선다.

ⓒMetro-Goldwyn-Mayer

영화 〈연인〉의 포스터

　미학적으로 영화는 수작이다. 소설과 다른 아름다움이 있다. 글의 함축미에 영상미가 대응한다. 남녀 주인공이 처음 만나서 함께 차를 타고 가는 대목은 소설에서 서너 줄에 불과하다. 어렴풋한 비탄, 물 위의 흐린 빛, 피로감, 먹먹함, 안개⋯ 은밀한 감각 세계로의 입문이다. 물안개 속으로 사라지는 그 느낌을 영화는 생생하게 되살린다. 함께 자동차를 타고 가는 오륙 분의 시간 중에서 대화를 나누는 시간은 삼사 분이다. 나머지는 침묵 속에서 두 사람이 교감하는 시간이다. 요동치는 차, 흔들리는 눈빛, 머뭇거림, 접촉, 손의 애무, 감기는 눈, 그리고 아라베스크 음악이 관능의 문을 열어젖힌다. 첫 만남만큼 의미 있는 장면이다. 영화의 도입부도 인상적이다. 극단적 클로즈업으로 책상 전등, 빛, 펜의 움직임, 종이에 새겨지는 글자, 보풀이 이는 듯한 화면과 곡선들이 신비하게 어우러지며 글쓰기와 관능을 동시에 환기한다. 첫 장면과 마찬가지로 마지막 장면도 늙은 작가의 목소리가 화면을 장악한다. 첫 장면처럼 마지막 장면도 책의 서술을 재생한다. 괄호는 영화에서 생략된 부분이다.

전쟁이 끝나고, 결혼을 하고 아이들을 낳고 이혼을 하고 책들을 펴낸 지 몇 년 후, 그가 아내와 함께 파리에 왔었다. 그가 그녀에게 전화했었다. (나요. 그녀는 목소리를 듣고 바로 그라는 것을 알았었다. 그가 말했었다. 그저 당신의 목소리가 듣고 싶었소. 그녀가 말했었다. 나예요. 잘 지냈어요.) 그는 움츠러들었다. (예전처럼 두려워했다. 갑자기) 그의 목소리가 떨리고 있었다. 떨림과 함께, 갑자기, 중국식 억양이 느껴졌었다. 그는 그녀가 책들을 쓰기 시작했다는 것을 알고 있었다. 사이공에서 다시 만난 어머니를 통해서 그 사실을 알게 되었었다. 작은오빠 소식도 듣고, 그녀 생각에 슬펐었다고 했다. 그러고는 더 이상 할 말을 잃었었다. 그러고는 그는 그녀에게 말했었다. 예전과 똑같다고, 그녀를 여전히 사랑한다고, 결코 사랑을 멈출 수 없다고, 죽을 때까지 사랑한다고.

대과거 서술은 소멸을 표상한다. 첫 만남의 이미지를 현재형으로 불러내던 초혼 의식과 반대다. 모든 것은 먼 과거 속으로 사라진다. 사랑한다는 목소리도 글 속으로 사라진다. 영원한 사랑은 허망한 말이다. 남은 것은 종이와 글뿐이다. 소녀 자신도 잘 알지 못했던 그 사랑은, 그녀가 배를 타고 그를 떠났을 때, 홀로 밤바다 한가운데서 그의 부재를 실감했을 때, "하늘의 지령처럼" 울려 퍼지는 쇼팽의 음악을 들으며 울음을 터뜨렸을 때, 이미 끝났다. 그녀의 눈물과 함께, "물이 모래 속으로 사라지듯 그는 이야기 속으로 사라졌다".

 쇼팽, <왈츠 Op.69 No.2 in B Minor>
알리스 자라 오트 연주

그해, 여름은 찬란했다.
지드, 『좁은 문』

사랑은 그저 미친 짓일 뿐.
셰익스피어, 『뜻대로 하세요』

2

사랑의 빛과 어둠

에스메랄다,
투명한 초록빛 보석

위고, 『노트르담 드 파리』
뮤지컬 〈노트르담 드 파리〉

위고 Victor Hugo (1802-1885)
프랑스를 대표하는 시인, 소설가이자 문학 운동과 현실 정치에 참여한 지성인.
그의 작품은 낭만적인 서정시, 정치적 풍자시, 웅장한 서사시, 희곡 및
『레 미제라블』 같은 대하소설에 이르기까지 모든 장르에 걸쳐 있다.
— 『노트르담 드 파리』 (1831)

뮤지컬 〈노트르담 드 파리〉 (1997, 뤽 플라몽동, 리카르도 코치안테)

영화 〈노틀담의 꼽추〉 (1996, 디즈니 애니메이션)

프랑스의 시인이자 소설가, 극작가인 위고

어두운 욕망의 이야기 『노트르담 드 파리』. 어둠 속 에스메랄다는
보석처럼 빛난다. 그 투명한 아름다움은 모두에게 노출되고 모든 시
선을 흡수한다. 드넓은 광장에서 춤추는 그녀는 단번에 모든 사람을
사로잡는다.

군중과 장작불 사이의 빈 거대한 공간에서 한 젊은 여자가 춤추고 있
었다.

그 여자가 사람인지 요정인지 천사인지, 회의적인 철학자이자 빈정대
는 시인인 그랭구아르도 첫눈에 분간할 수 없었다. 그 눈부신 형상은 그
만큼 매혹적이었다.

키는 크지 않았지만 크게 보였다. 자유분방하게 뻗는 몸매가 너무나 늘씬했다. 그녀의 피부는 갈색이었지만, 낮이라면 안달루시아나 로마 여자들의 피부처럼 아름다운 금빛 반사광이 돋보였을 것이다. […] 그녀는 발치에 아무렇게나 펼쳐놓은 낡은 페르시아 양탄자 위에서, 춤추며 돌고 맴돌았다. 그녀의 빛나는 형체가 사람들 앞에서 선회하며 지나갈 때마다, 그녀의 검은 큰 눈은 섬광을 발했다. […] 주위의 모든 시선은 그녀에게 고정되어 있었고, 입은 모두 헤벌어져 있었다.

『노트르담 드 파리』, II, 3.

뤽-올리비에 메르송, 『노트르담 드 파리』의 삽화, 1881

앙드레 샤를 브예모, 〈춤추는 에스메랄다〉, 1882, 위고의 집

넋을 잃을 만큼 "초자연적인" 에스메랄다의 아름다움에 가장 놀란 사람은 "엄격하고 근엄하고 음울한 성직자" 프롤로다. 그는 욕망의 지옥, 그 희열과 고통을 예감한다. 차가운 그의 머릿속에 용암이 들끓는다. "저주받은 자의 사랑"이 시작된다. 훗날 프롤로가 에스메랄다 앞에서 하는 고백은 그 고뇌가 얼마나 엄청난 것인지 알려준다.

어느 날, 나는 내 작은 방 창가에 기대어 있었다. […] 그곳, 길 한가운데, 정오의 커다란 태양 아래, 한 피조물이 춤추고 있었다. 너무나 아름다운 인간이라서, 신이라도 성모보다 그녀를 택했을 것이다. 인간으로 만들

뤽-올리비에 메르송, 〈죄인 공시대에 묶인 콰지모도에게 물을 주는 에스메랄다〉, 1903

어질 때, 그녀가 만일 존재했더라면, 그녀를 어머니로 삼아 그녀에게서 태어나고 싶었을 것이다. 그녀의 검은 눈은 눈부셨고, 검은 머리 한가운데 햇빛이 스며든 머리칼은 금실처럼 황금빛으로 빛났다.

VIII, 4.

후광 속의 성모처럼 태양 빛에 감싸인 에스메랄다는 "여신" 그 이

상이다. 프롤로의 묘사 혹은 작가의 서술은 신성모독에 가깝다. 그
것은 삼위일체의 개념을 비튼다. 신을 인간 욕망의 차원으로 옮겨놓
고 남성을 신성에 투사한다. 신을 섬기던 자가 욕망의 노예가 되는
순간이다. 성당을 가리키는 소설의 제목이 새롭게 읽힌다. "노트르
담"(Notre-Dame)은 성모 마리아란 뜻이다. 세속 파리의 성모 마리
아, 에스메랄다.

또 하나의 뒤틀린 사랑은 콰지모도의 것이다. 그의 마음은 일그러
진 외모만큼 비뚤다. 짓눌린 그의 눈에 보이는 세상은 왜곡된 것이었
고, 그의 기형과 추함은 조롱과 혐오를 불러일으켰다. 그는 고립 속
에서 증오와 적의만 키워왔다. 그의 내면은 어둠으로 가득하다. 그
어둠 속에도 에스메랄다의 빛이 스며든다. 형구에 묶여 분노와 원한
에 질식하던 그에게 그녀가 건넨 물은 그의 마음속 어둠을 씻어낸다.

에스메랄다의 사랑도 올곧은 것이 아니다. 태양처럼 빛나는 그녀
가 정작 좋아하는 사람은 태양신(포이보스)의 이름을 딴 페뷔스다. 잘
생긴 기병대장인 그는 허울뿐이다. 약혼녀를 두고 한눈팔 기회만 찾
는 진심 없는 남자다. 에스메랄다는 그 헛된 사랑에 목숨을 건다. 그
녀는 열여섯 살이다. "순진하면서도 정열적이고, 아무것도 모르면서
아무것에나 열광하고, 여자와 남자 차이도 아직 모른다." 그녀는 "대
단하면서 아무것도 아닌" 여자, "천상의 피조물"이자 길거리 무희, "천
사" 같은 집시다. 부랑 시인 그랭구아르의 묘사다. 그는 어쩌다 에스
메랄다의 도움으로 목숨을 건지고 그녀의 남편 행세를 하게 되지만,
그녀에게 별다른 욕망은 없다. 그는 일반 사람의 시선을 대신하고, 이
야기를 풀고 사건의 맥락을 짚고, 작가의 목소리를 대변한다. 위고의

페르소나인 셈이다. 시인, 성직자, 장교, 그리고 성당의 종지기, 이렇게 네 명의 남자가 태양의 행성처럼 에스메랄다를 맴돈다.

뮤지컬 〈노트르담 드 파리〉는 색다른 욕망을 가진 세 남자와 에스메랄다의 관계를 압축해서 보여준다. 그녀를 가운데 두고 세 남자가 노래를 부른다. 삼중창 〈미녀〉(Belle)의 합창 부분이다.

> 내 시선은 그녀 집시의 옷 아래로 향해 있다
> 성모에게 기도하는 것이 이제 무슨 소용인가?
> 그 누가 먼저 그녀에게 돌을 던질까?
> 그런 인간은 이 땅에 있을 수 없으니
> 오 루시퍼!
> 오! 한 번만이라도 내게 허락해다오
> 에스메랄다의 머리카락을 내 손가락들이 쓸어내리게
> 에스메랄다

 〈노트르담 드 파리〉 중에서 〈Belle〉
가루, 라부아, 피오리 노래

시선과 욕망의 대상일 뿐인 그녀의 존재가 부각되는 장면이다. 그녀에게 돌을 던진다? 돌을 던져야 하는 것은 오히려 그녀다. 성직자의 추악함에 대해, 종지기의 추함, 장교의 저속함에 대해. 비난의 돌도, 욕망의 돌도 그녀는 던지지 않는다. 순결함으로 인해 오히려 에스메랄다는 찬미만큼 박해받는다.

뮤지컬은 원전에 충실하다. 해석의 깊이가 있다. 대본 작가가 원작 소설을 수없이 읽고 깊이 분석한 흔적이 보인다. 표현은 전혀 다르다. 소설의 장려한 서술에 비해, 대사 없이 노래와 춤으로만 이루어진 뮤지컬은 함축적이다. 서정적인 아리아로 구성된 뮤지컬 〈노트르담 드 파리〉는 한 편의 시처럼 아름답다. 원전의 주제를 그대로 살리면서 다른 장르로 꽃피운 좋은 작품의 예다.

1996년에 개봉한 월트 디즈니 애니메이션 스튜디오의 장편 애니메이션 〈노틀담의 꼽추〉의 포스터

디즈니의 애니메이션 뮤지컬 영화 〈노틀담의 꼽추〉는 완전히 다른 작품이다. 무엇보다 인물의 변화가 크다. 에스메랄다는 수동적인 여자가 아니다. 당당하고 자유로운 주체다. 그녀는 부당하게 고통받는 콰지모도의 밧줄을 풀어주고 칼을 높이 쳐들며 "정의"를 외친다. 페뷔스도 다른 모습이다. 이름에 걸맞게 밝고 정의롭고 점잖다. 그의 얼굴은 〈라이온 킹〉(1994)의 성장한 심바, 고귀한 사자의 얼굴을 연상시킨다. 프롤로는 여전히 욕망의 감옥에 갇혀 괴로워한다. 그는 더 큰 권력을 가지고 악의 축을 담당한다. 사악한 그의 모습은 강렬하다. 그가 혼자 커다란 벽난로의 화염을 바라보며 부르는 〈지옥의 불〉은 멋진 장면이다.

> 성모 마리아여, 나는 올바른 사람입니다
> 나의 덕을 자부합니다
> 성모 마리아여, 나는 정말 순결합니다
> 평범하고 천하고 나약하고 음탕한 저 군중들보다 훨씬 깨끗합니다
> 그런데 왜 마리아여, 저기 그녀가 춤추는 것을 보는 나를
> 왜 그녀의 이글거리는 눈길이 내 영혼을 태우는 것인가요
> 나는 그녀를 느낍니다, 그녀를 봅니다
> 검게 빛나는 그녀의 머리가 품은 태양빛이
> 나를 억누를 수 없이 활활 타오르게 합니다

디즈니의 콰지모도도 고립과 고통 속에 산다. 그러나 죽지 않는다. 그는 에스메랄다와 페뷔스의 매개자가 된다. 프롤로 신부의 추락 직

후, 떨어지는 콰지모도를 페뷔스가 붙잡아 올리는 장면은 상징적이다. 괴물 같은 콰지모도와 잘생긴 페뷔스가 하나가 되는 순간, 야수가 저주를 풀고 다시 왕자로 변신하는 순간이다. 반복되는 미녀와 야수의 신화다.

왜 야수는 미녀에게 꼼짝하지 못하는가. 야수를 만든 것이 미녀이기 때문이다. 욕망의 메커니즘이 그렇다. 나는 너를 사랑한다. 사랑할수록 너는 더 아름답게 보인다. 그만큼 나는 더 초라해진다. 상대적 초라함의 단계다. 많은 시와 노래가 증언한다. "그대 앞에만 서면 나는 왜 작아지는가"(〈애모〉). "너는 눈부시지만 나는 눈물겹다"(이정하). 나의 초라한 느낌은 너의 아름다움 때문이다. 콰지모도조차 에스메랄다 앞에서 새삼 추함을 느낀다. 그는 그녀에게 말한다.

> 당신은 너무나 아름다워요, 당신은! […] 지금처럼 내가 추하다고 느낀 적이 없어요. 당신과 비교하면, 정말 불쌍하게도, 나는 가엾고 불행한 괴물이에요! ─ 내가 짐승처럼 보이겠지요. 당신은, 당신은 햇빛, 이슬방울, 새의 노랫소리에요! ─ 나는 그저 끔찍한 것, 인간도 동물도 아니고, 돌멩이보다 더 단단하고, 더 발에 짓밟히고, 더 일그러진 것이에요!
> 『노트르담 드 파리』, IX, 3.

다음 단계는 거칢이다. 초라한 나와 눈부신 너의 거리는 더 멀어지고 나는 좌절하거나 거칠어진다. 나의 욕망은 점점 더 사나워진다. 야수는 바로 내 모진 욕망의 화신이다. 더없는 아름다움도 야수성도 나의 욕망과 상상의 산물이다.

프랑수아 플라망이 그린 추락하기 직전, 조각상을 붙들고 매달려 있는 프롤로의 모습, 1923

『노트르담 드 파리』에서 야수는 콰지모도와 프롤로다. 한쪽은 외모, 다른 쪽은 내면이 야수다. 에스메랄다의 빛은 바라보는 시선에 따라 다르게 작용한다. 그것은 순화 혹은 악화의 힘이다. 그녀를 통해서, 괴물 같은 콰지모도는 순수함을 되찾고, 잠재된 야수성이 밝혀진 프롤로는 불타오르고 무너져내린다. 프롤로가 높은 곳에서 추락하는 사이, 콰지모도의 영혼은 죽은 에스메랄다를 따라 하늘로 오른다. 뮤지컬은 그 승화의 순간을 인상 깊게 표현한다. 콰지모도가 에스메랄다를 부둥켜안고 마지막 아리아를 부르는 동안, 무대 뒤쪽에는 높은 곳으로 오르는 영혼들의 모습이 연출된다.

> 나의 영혼이 날아가게 하라
> 대지의 불행으로부터 멀리
> 나의 사랑이 합쳐지게 하라
> 우주의 빛에
> […]
> 춤추라 나의 에스메랄다
> 노래하라 나의 에스메랄다
> 너와 함께 떠나게 해다오
> 너를 위해 죽는 것은 죽는 것이 아니니
> 〈춤추라 나의 에스메랄다〉.

소설의 마지막 장 제목은 "콰지모도의 결혼"이다. "결혼"은 단순히 영혼의 결합을 의미하는 것이 아니다. 육체와 육체, 죽은 여자와 산 남자, 죽음과 삶의 결합이다. 그 신비한 결합이 이야기의 끝매듭이다. 에스메랄다가 죽고 콰지모도가 사라진 지 한두 해가 지난 후, 처형대 지하실이다.

사람들은 온갖 끔찍한 해골들 속에서 한 해골이 다른 해골을 기이하게 껴안고 있는 것을 발견했다. 하나는 여자의 것으로, 하얀색이었던 천 옷

조각이 남아 있었고, 목 주위의 멀구슬나무 열매 목걸이에는 초록색 유리 장식이 있는 빈 비단 주머니가 달려 있었다. [⋯] 그 해골을 꼭 껴안고 있는 다른 해골은 남자의 것이었다. 척추는 휘어지고, 머리는 어깨뼈에 파묻히고, 한쪽 다리가 다른 쪽보다 짧았다. 척추 목 부분에 아무런 파열이 없는 것으로 보아 교수형 당하지 않은 것이 분명했다. 그러니까 해골이 된 그 남자는 그곳으로 와서, 그곳에서 죽은 것이다. 사람들이 그 해골이 껴안고 있는 다른 해골로부터 그 해골을 떼어내자, 그것은 먼지로 부스러져 내렸다.

XI, 4.

흔한 사랑의 맹세, "죽도록 사랑한다"를 말 그대로 실천한 콰지모도. 그의 사랑은 "죽음이 갈라놓을 때까지"라는 결혼 서약의 한계도 넘어선다. 프롤로가 "아무도 못 갖는다" 선언한 에스메랄다를 그는 죽음을 통해 영원히 소유한다.

오필리아와 사랑의 광기

셰익스피어, 『햄릿』
랭보, 「오필리아」, 「영원」

셰익스피어 William Shakespeare (1564-1616)
— 『햄릿』 (1599-1601)

랭보 Arthur Rimbaud (1854-1891)
— 「오필리아」 (1870) — 「영원」 (1872)

왕인 형을 죽이고 왕이 된 남자. 새로 왕이 된 시동생과 재혼한 왕비. 그리고 그녀의 아들 햄릿. 혼란과 비탄에 빠진 그에게 아버지의 혼령이 나타나 말한다. 복수하라. 숙부를 죽여라. 어머니는 해치지 마라, 회한 속에 살도록. 햄릿은 복수를 결심한다, 그러나 주저한다. "마음먹은 일은 마음먹었을 때 해야 한다. 마음이란 변하고 약해지고 지연하니까"(IV 7). 그런 마음을 그는 안다. 그러나 삶과 죽음의 사념에서 벗어나지 못한다. "죽음의 잠 속에서 꾸게 될 꿈"까지 걱정하는 그는 존재와 비존재, 행위와 생각 사이에서 분열되고, "활짝 핀 젊음은 광기로 시들어간다". 더 큰 혼돈에 빠진 것은 그를 사랑하는 오필리아다. 광기의 칼날은 그녀의 아버지를 찌르고 그녀에게까지 가 닿는다. 그녀는 아버지와 사랑을 동시에 잃는다. 이중의 상실은 그녀를 비탄과 죽음의 늪으로 들이몬다. 그녀는 죽일 수 없는 왕비 대신, 죽는다. 햄릿은 비난한다. 어머니는 "순수한 사랑의 고운 이마에서 장미를 뽑아냈다"(III 4). 부도덕한 왕비가 버린 정숙은 오필리아의 덕목이다. 장미는 순수한 사랑을 품고만 있던 오필리아의 혼이다. 그녀의 죽음을 왕비가 전한다. 왕비의 묘사는 회한 어린 죽음의 찬가처럼 들린다.

> 그러다 그녀는 풀꽃으로 만든 화관과 함께
> 개울물 위로 떨어졌다. 그녀의 옷이 활짝 펼쳐져,
> 그녀를, 인어처럼, 떠받쳤다.
> 그 사이 그녀는 옛 찬가를 한마디씩 읊조리고 있었다.
> 마치 자신의 고통을 인지하지 못하는 사람처럼,
> 혹은 물에서 태어나 그 원소와

하나가 된 것처럼. 그러나 얼마 지나지 않아

그녀의 긴 옷은, 물을 먹고 무거워져,

그 가련한 아이를 끌어갔다, 아름다운 노래로부터

진흙의 죽음으로.

IV, 7.

　물에서 태어나 다시 물로 돌아간 오필리아, 그 "원소"의 동질성에
대해서 상상력의 철학자 바슐라르는 설명한다. "물은 젊고 아름다
운 죽음, 꽃다운 죽음의 '원소'다. […] 물은 고통에 그저 눈물짓고 눈
은 너무도 쉽게 '눈물에 잠기는' 여자의 깊은 생체적 상징이다"(『물과
꿈』). 살아 있을 때도 오필리아는 물의 실체였다. 그녀는 "얼음처럼
순결하고, 눈처럼 순수한" 여자였다(『햄릿』, III, 1). 그녀의 죽음은 순
수한 환원이다.

존 에버렛 밀레이, 〈오필리아〉, 1852, 테이트 브리튼

오필리아는 순결한 죽음으로 인해 더 아름답다. 그 아름다움은 여러 세기를 거치며 신화가 된다. 많은 시와 노래, 그림이 그 아름다움을 찬양한다. 가장 유명한 그림은 존 밀레이의 작품(1852)이다. 그 그림을 지배하는 것은 죽음의 어둠이 아니라 생명의 색 초록이다. 하얀 오필리아의 얼굴에도 여린 붉은 빛이 남아 있다. 머리칼은 물결 따라 흩어지고 옷자락은 물과 함께 투명해져 간다. 그녀는 여러 가지 꽃에 감싸여 있다. 원작에 묘사된 대로 버드나무와 함께 화관을 구성하는 미나리아재비, 쐐기풀, 그리고 『동백꽃 부인』(1848)의 마거리트 꽃도 있고, 〈라 트라비아타〉(1853)의 비올레타를 연상시키는 보랏빛 난초 혹은 제비꽃도 있다. 이 꽃과 풀들은 울음, 고통, 순수, 그리고 성, 비애, 이른 죽음 혹은 숨겨진 사랑 등을 상징한다. 그 외에 붉은 개양귀비와 장미도 그려져 있다. 세밀한 분석에 따르면, "오필리아의 오른손 밑 개양귀비는 죽음을 의미하고, 마거리트는 순수, 장미는 젊음, 팬지는 함께 나누지 못한 사랑, 오른쪽 아래 물 따라 흐르는 백합과의 여러해살이풀은 슬픔을, 그리고 오필리아 목 주위의 제비꽃은 변함없는 사랑을 나타낸다"(줄리아 토마스, 『낭만주의 시대의 백과사전』). 꽃말은 사실 의미의 폭이 넓고 문맥에 따라 다양하게 해석될 수 있다. 중요한 것은 갖가지 꽃들이 손 모아 가리키는 커다란 꽃, 죽음의 물 위에 핀 꽃이다. "오월의 장미"였던 오필리아는 물 위에 펼쳐진 옷자락과 함께 수선화가 되었다.

오딜롱 르동의 〈오필리아〉(1903)는 더 환상적이다. 꽃과 잎들이 큰 자리를 차지하고, 오필리아는 얼굴과 상체 일부만 보인다. 푸른 물이 꽃과 오필리아를 둥글게 감싸고 있다. 그 밖은 옅은 여백이다. 흰색,

오딜롱 르동, 〈오필리아〉, 1903

노란색, 주황색 꽃들은 생생하고 아름답지만 어쩐지 위협적이다. 그 꽃들을 붙들고 있는 검은 꽃잎들 때문이다. 마치 죽음의 물속에서 피어난 꽃들 같다. 검은 꽃잎들과 그 그림자들은 그들에 감싸인 푸른 물빛과 대조를 이룬다. 삶과 죽음이 맞닿은 곳. 오필리아의 눈은 감겨 있다. 눈도 입도 두 손도 하늘을 향해 열려 있는 밀레이의 오필리아와 다르다. 눈을 감았지만 죽은 것 같지 않다. 죽은 표정이 아니다. 눈을 감은 오필리아의 시선은 꿈을 향해 열려 있다. 푸른 물은 꿈의 거울이다. 잠과 부재의 공간 속에서 오필리아는 영원히 살아 있다.

달리의 판화 〈오필리아의 죽음〉(1973)은 또 다른 환상을 보여준다. 발은 물에 잠겼지만 흩날리는 머리칼과 함께 오필리아는 하늘로

오르는 듯하다. 풀어 헤쳐진 머리와 옷자락, 옷과 육체, 그리고 물결의 선들은 서로 구별되지 않고 투명하다. 녹색 잎들은 바닥에서 위로 곧게 오르고 꽃들은 별처럼 휘날리며 올라간다. 목이 젖혀진 것인지, 얼굴은 없다. 아래쪽 발치에 따로 그려진 큰 얼굴은 이미 죽음의 마(魔)에 쓴 듯 젊고 아름다운 오필리아의 것이 아니다. 얼굴 묘사에 대한 유보와 보충은 죽음에 대한 화가의 오랜 강박증에서 나온 것이 아닐까.

살바도르 달리, 〈오필리아의 죽음〉, 1973

익사한 오필리아는 애도의 대상이자 승화의 매개자다. 작가는 오필리아를 꿈꾸며 자신의 강박관념을 투사한다. 그것은 죽음이나 에로스와 관련된 것일 수도 있고, 멜랑콜리아나 심리적 고착, 혹은 이념적 지향성을 나타내는 것일 수도 있다.

> 별들이 잠든 고요하고 검은 물결 위에
> 하얀 오필리아가 커다란 백합처럼 떠돈다,
> 아주 천천히 떠다닌다, 긴 드레스 입고 누운 채⋯
> ― 멀리 숲에서 사냥꾼의 뿔피리 소리 들린다.
>
> 이제 천년이 넘도록 슬픈 오필리아는
> 하얀 유령이 되어, 검고 긴 강물 위를 흐른다,
> 이제 천년이 넘도록 그녀의 부드러운 광기는
> 저녁 산들바람에 연가를 속삭인다.

랭보가 열여섯 무렵에 쓴 시 「오필리아」다. 그가 투사하는 것은 광기 어린 자유다. 오필리아의 "부드러운 광기", 그 사랑의 광기는 곧 격정적인 자유의 꿈으로 화한다.

> 하늘! 사랑! 자유! 그 무슨 꿈인가, 오 가엾은 광녀여!
> 너는 그에게 불 앞의 눈처럼 녹았다.
> 너의 거대한 환각들이 네 언어의 목을 조르고
> ― 무시무시한 **무한**(無限)이 너의 푸른 눈을 질리게 했다!

오필리아에게 투사된 이 광기는 몇 년 동안 랭보를 사로잡아 시를 쓰게 하는 힘이고, 곧이어 그를 방랑과 침묵과 죽음으로 모는 힘이다. 저항 없이 자연스럽게 자신의 원소로 되돌아간 오필리아의 광기와는 전혀 다르다.

물의 거울처럼 투명한 오필리아는 모든 것을 받아들인다. 그녀의 이미지는 꿈꾸는 예술가의 파토스를 자극하고 온전히 품는다. 이것이 그녀가 "천년이 넘도록" 떠도는 이유다. "영원히 익사한 오필리아"는 말라르메의 표현처럼 "흠 하나 없는 보석"이다.

오 계절들, 오 성(城)들이여!
흠 없는 영혼이 어디 있으랴?

랭보의 반문이다. 흠 없는 오필리아의 영혼에서 광기의 절규를 끌어내는 랭보는 흠 많은 영혼이었다. 아버지의 부재와 어머니의 청교도적 엄격함과 작은 시골 마을에 갇힌 그는 문학 속에서 길을 찾는다. 상상 속 그가 갈구한 것은 계절들과 성들이 가리키는 시공간 저 너머의 '무한', '영원'이다.

되찾았다!
무엇을? — **영원**을.
그것은 태양과 함께
가버린 바다.
「영원」.

프랑스 시인 베를렌이 그린 랭보, 1872

　그는 햄릿과 달리 무작정 행동한다. 떠난다. 존재의 흠결을 지우고 "'영원'을 되찾기" 위해서 랭보는 어머니의 품을 벗어난다. 그가 "어둠의 입"이라 불렀던 그녀를 떠나 모성적 바다(la Mer-Mère) 혹은 모성적 자연(Nature-Mère, Mother Nature)을 향한다. 가는 길은 파리, 벨기에, 런던, 독일… 그는 혼자 혹은 베를렌과 함께 유럽을 떠돈다. 그는 왜곡된 사랑과 옹색한 현실에 한없이 좌절한다. 길마다 그는 하나씩 버린다. 가족, 친우, 사랑, 그리고 문학까지. "바람 구두를 신은 남자"는 멀리 떠난다. 지중해, 인도, 인도네시아, 스코틀랜드, 북유럽, 알프스, 키프로스를 거쳐 이집트, 아라비아, 아프리카로 간다. 그는 말한다. "한곳에 머무는 삶은 불가능하다"(1890년 11월 편지). 그러나 그는 그 불모의 땅에서 십여 년을 머문다. 그는 사막의 삶에 갇힌다. "자유로운 자유", 절대적 자유를 좇다 되돌아가는 길을 잃은 것이다. 그는 그곳에서 병을 얻고 오랜 시간 고통을 견디다 모국으로 이송된다. 그러나 곧 죽는다. "태양의 아들"이 되려 했던 랭보, 항상 목말라 했던 그의 '원소'는 오필리아와 반대로 불과 공기였을 것이다. 바슐라르가 다시 설명한다. "죽음은 하나의 여행이고 여행은 하나의 죽음이다. 떠나는 것은 조금 죽는 것이다"(『물과 꿈』). 하나하나 떠날 때마다 랭보는 조금씩 죽어갔다. 처음부터 랭보가 향한 어머니 자연은 죽음의 품이었다.

> 자연의 어머니인 대지는 자연의 묘지,
> 자연의 매장 묘지는 곧 자연의 모태
>
> 『로미오와 줄리엣』, II, 3.

카르멘의 열정과 자유

메리메, 『카르멘』

오페라 〈카르멘〉

메리메 Prosper Mérimée (1803-1870)

법학, 고고학 및 여러 나라의 언어 문학에 정통하고 정치인으로도 활동했다.
단편소설에 뛰어났으며, 낭만적인 주제를 절제된 문체로 표현했다.
— 『카르멘』 (1845)

오페라 〈카르멘〉 (1875, 비제)

나 카르멘은 언제까지나 자유로울 거야.

보헤미안으로 태어나 보헤미안으로 죽을 테니까.

『카르멘』의 강렬한 여성은 프랑스 작가 메리메의 창조물이다. 그것은 비제의 음악을 통해 불멸의 여성상이 된다. 카르멘은 팜파탈의 전형이다. 남자를 파멸시키는 치명적인 여자. 그 개념은 물론 남성 위주의 시각이다. 관점을 바꾸면 카르멘에 대한 집착으로 그녀를 죽음으로 몰아가는 호세가 치명적인 남자, 옴파탈이다. 어느 편이든 이데올로기는 아무것도 설명하지 못한다. 예술의 의미는 이념 너머 있다. 카르멘은 자유의 화신이다. 자유가 그녀의 숙명이다. 오페라 〈카르멘〉의 메인 아리아 〈하바네라〉는 자유의 찬가다.

 비제, 카르멘 중에서 <하바네라>
엘리나 가랑차 노래

사랑은 반항하는 새

누구도 길들일 수 없어,

[…]

사랑은 보헤미안 아이,

법이라곤 전혀 알지 못해.

I, 5.

니체는 〈하바네라〉에 대해 에로스의 "악마적" 유혹이라고 했다. "누구도 이길 수 없는" 사랑의 매혹을 이만큼 명료하게 표현한 노래도 없다. 카르멘은 단순히 사랑하는 행위의 자유나 사랑의 붙잡을 수 없는 속성을 노래하는 것이 아니다. 그녀에게 사랑의 자유는 삶의 자유 그 자체다. 원작 소설은 그 자유를 원초적인 것으로 묘사한다. "기이하고 야성적인 아름다움"을 지닌 카르멘은 "아주 큰 눈"에 "관능적이면서 야생적인 표정"을 담고 있다. 기이하게 아름다운 카르멘이 호세와 하루를 보낸 후 말한다. "넌 악마를 만났어." 악마라 해도 감춘 의도는 없다. 그녀는 "여섯 살 아이처럼" 순수하다. 그녀는 본능을 따른다. 장난치고 춤추고 노래하고, 맘대로 싸우고 속이고 훔치고, 욕망대로 유혹하고 놀고 버린다. 호세는 그녀를 따라 모든 것을 버리고 올다리를 벗어난다. 그녀는 〈하바네라〉의 노래처럼 마음대로 "왔다, 갔다, 또 오고", 잡으려면 "날개를 치고 날아가"지만 그가 다쳤을 때는 즉시 달려와서 온 마음으로 간호하기도 한다. 그러나 처음 그녀의 경고대로 "개와 늑대는 오랫동안 잘 지내지는 못한다". 호세는 야생에서 길을 잃고 그녀도 잃는다. 카르멘의 자유로운 본질은 그녀를 삶의 본질, 즉 죽음으로 이끈다.

우리는 아무도 없는 협곡에 이르렀다. 나는 말을 멈췄다.
"이곳인가?" 그녀가 말했다.
그러고는 훌쩍 뛰어내렸다. 그녀는 머릿수건을 벗어 발치에 던지고, 주먹을 허리춤에 댄 채 나를 뚫어지게 바라보았다.
"날 죽이고 싶지, 다 알아." 그녀가 말했다. "그렇게 되겠지. 그래도 넌

날 굴복시키진 못해."

"제발 생각 좀 해봐." 내가 말했다. "내 말을 들어봐. 과거는 다 잊었어. 그렇지만 알잖아, 나를 파멸시킨 것은 바로 너야. 너를 위해서 나는 강도가 되었고 살인자가 되었어. 카르멘! 나의 카르멘! 너를 구하고 나를 구할 수 있게 해줘."

"호세, 넌 내게 불가능한 것을 요구하고 있어." 그녀가 대답했다. "난 널 더 이상 사랑하지 않아. 넌 아직 나를 사랑하지, 그래서 죽이려는 거지. 너한테 좀 더 거짓말을 할 수도 있겠지만, 그렇게 애쓰고 싶지도 않아. 우리 사이는 다 끝났어. 넌 남편으로서 네 아내를 죽일 권리가 있지. 그러나 카르멘은 언제까지나 자유로울 거야. 보헤미안으로 태어나 보헤미안으로 죽을 테니까." "그러니까 루카스를 좋아하는 거지?" 내가 물었다. "그래, 그를 좋아했어. 널 좋아했듯, 한동안. 아마 너보단 덜 좋아했겠지만. 이제는 아무것도 좋아하지 않아. 널 좋아했던 내가 싫어."

난 그녀의 발치에 몸을 던졌다. 그녀의 두 손을 잡고 눈물로 적셨다. 그녀에게 둘이 함께 보냈던 모든 행복의 순간들을 상기시켰다. 그녀가 좋다면 계속 강도로 살아가겠다고 말했다. 모든 것을, 그녀에게 모든 것을 바치겠다고 했다. 그녀가 여전히 날 사랑해준다면!

그녀가 말했다.

"너를 더 사랑하는 건, 불가능해. 너랑 같이 사는 건, 내가 원하지 않아."

분노가 나를 사로잡았다. 나는 칼을 꺼냈다. 그녀가 겁을 먹고 나에게 빌기를 바랐지만, 그녀는 악마였다.

나는 소리쳤다. "마지막으로, 제발 나와 함께 있어줘!"

"싫어, 싫어! 싫어!" 그녀는 발을 구르며 말했다. 그러고는 내가 주었던

작자 미상, 『카르멘』의 삽화, 1845

반지를 손가락에서 빼서 가시덤불 속으로 던졌다.

　나는 그녀를 두 번 찔렀다. 그 칼은 애꾸눈 가르시아의 것이었다. 내 칼이 부러져 대신 그것을 가지고 있었다. 두 번째 칼에 그녀는 소리 없이 쓰러졌다. 아직도 그녀의 커다란 검은 눈망울이 나를 뚫어지게 쳐다보는 것 같다. 나는 그 시체 앞에 한동안 멍하니 서 있었다. 그러다 카르멘이 숲에 묻히고 싶다는 얘기를 종종 했던 것이 기억났다. 나는 칼로 구덩이를 파고 그 속에 그녀를 뉘었다. 나는 오랫동안 애써서 그녀의 반지를 찾아냈다. 나는 그것을 구덩이 속 그녀 곁에 십자가와 함께 내려놓았다. 아마도 내가 잘못한 것인지 모르겠다. 그런 다음 나는 말에 올라 코르도바까지 달려가 첫 번째 보이는 경비대에 자수했다. 나는 카르멘을 죽였다고 말했지만, 그녀의 몸이 어디 있는지는 말하지 않았다.

　『카르멘』, III.

"아마도 내가 잘못한" 것은 무엇일까? 카르멘을 죽인 것일까. 그녀가 벗어 던진 반지를 되돌려준 것일까. 자유로운 그녀를 반지로 붙들려 했던 나의 집착일까. 그녀의 영혼과 십자가가 상징하는 나의 영혼의 결합을 믿은 것일까. 보헤미안 영혼을 십자가로 구원하려는 믿음, 그저 속박일 뿐인 그 믿음일까. 욕망의 주체인 나와 대상인 그녀의 결합을 믿은 것일까. 글은 골이 깊다. 작가의 정신이 투사된 문학 텍스트는 작가처럼 자의식과 무의식을 지닌다.

완전한 사랑의 결합은 오직 죽음의 상상 속에서 이루어진다. 호세가 카르멘을 죽이기 이전에 이미 모든 것이 사랑의 죽음을 가리킨다. 그들이 다다른 계곡은 성적 긴장이 고조된 곳이다. 두 사람, 두 성의 대립은 협곡과 말, 반지, 가시덤불, 칼, 구덩이 등 사물 속에도 잠재한다. 칼 찌르기, 눈물 흘리기, 구덩이 파기 등의 행위에도 성적 함의가 있다. 그 상징들은 불가능한 현실의 합일을 대신한다. 죽음은 불완전한 욕망의 해소를 의미한다.

카르멘에 대한 호세의 사랑은 과녁을 향한 화살, 표적을 향한 칼과 같다. 『카르멘』은 칼의 노래다. 꽃과 칼의 이중창. "불꽃색" 리본이 달린 붉은 구두, 붉은 치마 차림의 카르멘이 처음 만난 호세의 이마에 아카시아꽃을 던진 이후 그의 영혼은 그 불꽃, 그 여자를 향해 달린다. 말다툼 끝에 같이 일하던 여자의 뺨에 "성 안드레의 십자가"를 칼로 새긴 카르멘. 그녀를 체포 호송하던 호세는 유혹에 넘어가 그녀의 탈주를 돕고 대신 감옥에 들어간다. 곧 사랑의 감옥이다. 갇힌 그에게 카르멘은 몰래 금화 한 닢과 작은 줄칼이 든 빵을 넣어준다. 그 줄칼은 탈주와 자유의 작은 상징이다. 그것은 차츰 속박과 죽음의 칼로 변한다. 출소 후 그녀를 찾아간 호세는 붉은 정념의 유희와 유혹으로 강도가 되고 살인자가 된다. 그의 머릿속에는 항상 "달콤한 말로 그녀를 꾀려는 경박한 것들의 배를 모조리 칼로 찌르려는" 충동이 도사린다. 그는 카르멘과 함께 있는 같은 부대의 중위를 칼로 찌르고 달아나 밀수업자가 된다. 그는 탈옥한 카르멘의 남편 가르시아를 시비 끝에 칼로 찔러 죽인다. 그는 카르멘의 애인 노릇을 하던 영국 장교도 해치운다. 카르멘이 새로 사귄 투우사 루카스는 호세 "대신 복

©Verlag Hermann Leiser

오페라 〈카르멘〉을 쓴 조르쥬 비제

수를 맡은" 황소의 뿔에 쓰러진다. 칼은 결국 카르멘을 향한다. 호세는 그녀를 두 번 찌른다. 그 칼은 자신의 것이 아니라 전 남편의 것이다. 그의 욕망은 끝내 충족되지 않는다. 욕구불만 가득한 『카르멘』은 가슴을 찌르는(perçant, piercing) 이야기다.

어둡고 가슴 아픈 이야기를 화려한 "태양의 음악"으로 옮긴 비제는 초연 실패 후 석 달 뒤 심근경색으로 죽었다. 당시의 유명 대본 작가 메이약(Meillac)과 알레비(Halévy)가 함께 쓴 리브레토는 원작과 아주 다르다. 등장인물부터 다르다. 가르시아는 사라지고 투우사 에스카미요가 전면에 등장한다. 무엇보다 다른 것은 고향에서 온 약혼녀 미카엘라의 존재다. "파란 치마를 입고 머리를 땋은" 그녀는 오페라의 순수 창작이다. 첫 장면부터 모습을 보이는 그녀는 카르멘에 대응한다. I막 카르멘의 유혹 〈하바네라〉가 끝난 직후 나타나 어머니의 편지와 키스를 전하는 그녀는 III막 산속에 다시 나타나 카르멘의 변심에 낙심한 호세에게 위독한 어머니의 소식을 전한다. 소프라노 미카엘라는 메조소프라노 카르멘을 보완한다. 음역 편성에서 꼭 필요한 미카엘라의 존재는 다른 인물들의 관계와 성격을 변화시킨다. 청순함을 도맡은 그 처녀는 호세를 중심으로 대칭점에 있는 카르멘의 성격을 악녀로 고정한다. 카르멘은 고운 여성성의 반대일 뿐이다. 미카엘라는 호세의 성격도 변화시킨다. 오페라의 호세는 욕망의 불꽃 속으로 거침없이 달리는 남자가 아니다. 약혼녀가 있고 고향의 어머니를 그리워하는 평범한 남자다. 카르멘이 던진 꽃에 "총알 맞은 것처럼"(I, 5) 혼이 나가지만 그의 사랑은 운명적이기보다 우발적이다. 주인공들의 역동성이 약화하면서 주제도 변화한다. 사랑 속으로, 죽음 속으로, 일직선으로 치닫는 욕망과 자유의 이중주는 그다지 특별하지 않은 삼각 사각 관계의 통속극으로 변질된다. 그러나 음악은 모든 것을 구원한다.

[…] 우울하여라
오케스트라 없이 추는 춤… 영원하리라
하늘에서 내려오는 음악이여!
II, 5.

〈카르멘〉은 뛰어난 아리아들의 집합이다. 카르멘의 아리아 〈하바네라〉(I, 5)와 〈세기디야〉("세비야 성벽 근처", I, 10), 〈보헤미아 노래〉("시스트럼 소리 울리고", II, 1), 에스카미요의 〈투우사의 노래〉(II, 2), 호세의 〈꽃 노래〉("그대가 내게 던진 꽃", II, 5), 미카엘라의 노래("나 이제 아무것도 두렵지 않아", III, 5) 등 아름다운 곡이 넘친다. 고유의 매력을 지닌 아리아들의 대비와 조화도 멋지다. 〈하바네라〉가 무심한 듯 단호하게 사랑의 자유를 노래한다면 〈세기디야〉는 사랑의 굴레와 굴곡을 보여준다. 유혹의 선율이 뱀처럼 넝쿨처럼 몸을 감는다. 〈하바네라〉는 모두의 합창이 뒷받침하고 〈세기디야〉는 호세와의 은밀한 화답으로 이어진다. 그 두 아리아 사이에 위치하는 미카엘라와 호세의 이중창 "어머니의 얘기를 들려주오"(I, 6)는 전혀 다르다. 카르멘의 세 아리아 〈하바네라〉, 〈세기디야〉, 〈보헤미아 노래〉처럼 스페인 혹은 보헤미아 스타일이 아니라 맑고 우아한 선율과 리듬으로 짜

여 있다. 그 이중창은 카르멘의 노래처럼 상대를 지배하고 종속시키는 것이 아니라 두 사람의 완벽한 화음을 추구한다. 절묘한 것은 그 화음 속에 도사린 카르멘의 그림자다. 호세는 미카엘라와 하나 되어 노래하다가, 툭 떨어지는 불길한 음과 함께, 혼잣말을 내뱉는다. "내가 어떤 악마의 먹이가 될 뻔했는지 누가 알까." "어떤 악마? 어떤 위험?"이냐고 묻는 미카엘라에게 호세는 "아무것도 아니"라고 넘기며 노래를 이어간다. 실제 공연에서 생략되기도 하는 이 뒤틀림은 오페라 〈카르멘〉의 중요한 맥점이다. 아름다움 속에 감춰진 악마의 미소, 사랑 속에 숨어 있는 죽음의 함정. 비제의 음악은 그런 맥을 꼭꼭 짚

프뤼당 루이 르레, 오페라 〈카르멘〉의 포스터, 1875

앙리-뤼시앙 두세, 오페라 〈카르멘〉에서 카르멘 역을 맡은 셀레스틴 갈리-마리의 초상, 1886

어준다. 밀도 높은 작품 구성의 비밀이다. 그의 음악은 한 방향으로 흐르지 않는다. 사랑의 새처럼 오고 가고 되돌아온다. 미카엘라의 청순한 노래와 대비되는 〈세기디야〉는 마녀의 숨결을 되살려낸다. 카르멘의 그 노래는 호세의 불안한 열정을 지피고 〈하바네라〉의 반향으로 마무리된다(I, 11).

〈카르멘〉 전편에 긴장감이 넘치는 것은 대조와 갈등, 불화와 화합의 지속적 변주 때문이다. 〈아이들의 합창〉(I, 2)에 이어지는 〈담배 피우는 여인들의 합창〉(I, 3)은 젊은이들과 병사들의 합창과 어우러진다. 플루트의 조용한 음과 함께 서정적으로 시작되는 〈보헤미아 노래〉는 점차 관능적 호흡으로 바뀌어 격해지고 빨라진다. 그 뒤를 잇는 것은 남성적 활력이 넘치는 〈투우사의 노래〉다. 카르멘의 가벼운 유혹의 춤과 노래, 캐스터네츠 소리는 군대의 점호 나팔과 부딪히다가 호세의 가슴 벅찬 〈꽃 노래〉로 마무리된다. 에스카미요가 산속에서 호세와 만나 싸운 후 득의에 차서 떠날 때 잠시 흐르는 〈투우사의 노래〉의 느린 변주는 어느덧 호세의 아픔을 대변한다. 미카엘라를 따라 호세가 카르멘을 떠날 때 같은 선율이 반복되는 이유다(III, 6). 그 선율은 마지막 장면에서 호세가 카르멘을 찌를 때 다시 나타나 열정과 비애, 사랑과 죽음의 합을 표상한다(IV, 2).

모든 대립은 3분 20초 남짓한 짧은 전주곡에 이미 요약되어 있다. 전주곡은 선율과 리듬이 전혀 다른 두 부분으로 나눠진다. 투우장의 화려한 분위기를 연상시키는 경쾌하고 역동적인 첫 부분은 곧바로 바이올린과 첼로의 강렬하고 애절한 전율로 이어진다. 가슴 저미는 현악기의 긴 흐느낌, 열정의 비극을 암시하는 그 선율은 작품 전체를 관통한다.

카르멘의 말이 계속 맴돈다. "넌 아직 나를 사랑하지, 그래서 죽이려는 거지." 사랑과 죽음은 같은 값이다. 사랑하는 행위는 죽음을 내포한다. 사랑의 황홀은 사랑하는 주체를 해체한다. 프랑스어로 "황홀"을 의미하는 단어(extase, ravissement)는 어원적으로 영혼의 이탈 혹은 앗김을 나타낸다. 같은 라틴 어원을 가진 영어 단어(ecstasy, rapture)도 마찬가지다. 황홀(恍惚), 마음(忄, 心)과 빛(光)과 없음(勿)으로 이루어진 한자도 같은 것을 암시한다. 마음속 모든 것이 사라지고 빛만 가득하다. 나는 너에게 마음을 빼앗기고 내 속에는 너만 있다. 나는 너와 결합하면서 나를 잃는다. 자아를 벗어난 나와 너는 하나를 이루는 두 요소일 뿐이다. 사랑은 살아서 죽음을 경험할 수 있는 유일한 길이다.

에로티시즘은 죽음 속에서까지 삶을 찬양하는 것이다.

바타유, 『에로티시즘』.

사랑과 죽음의 등식은 예술의 깊은 곳곳에 있다.

마그리트, 비올레타, 순수와 비애…
그리고 비비안

뒤마 피스, 『동백꽃 부인』
오페라 〈라 트라비아타〉
영화 〈프리티 우먼〉

뒤마 피스 Alexandre Dumas fils (1824-1895)
『몬테 크리스토 백작』, 『삼총사』 등을 쓴 알렉상드르 뒤마의 사생아.
주로 불행한 여성과 도덕, 사회 문제를 이야기의 주제로 삼은 소설가이자 극작가다.
—『동백꽃 부인』 (1848)

오페라 〈라 트라비아타〉 (1853, 베르디)

영화 〈프리티 우먼〉 (1990, 게리 마샬 감독)

영화 〈카밀〉의 한 장면. 그레타 가르보와 로버트 테일러 주연, 조지 큐커 감독, 1936년 작품

  비운의 여인 비올레타. 오페라 〈라 트라비아타〉의 여주인공이다.
원작 소설에서의 이름은 마그리트. 소설은 프랑스 작품이고 오페라
는 이탈리아 작품이다. 언어의 차이가 있긴 해도 주인공 이름이 크
게 바뀐 경우다. 작품 제목도 다르다. 오페라 제목은 '길잃은 여자' 혹
은 '타락한 여자'라는 뜻이다. 원작 소설의 제목은 『동백꽃 부인』이
다. 오래된 일본식 한자 제목 『춘희』(椿姬)로 더 잘 알려져 있다. 서글
픈 번역 제목이다. 원작 소설을 바탕으로 1907년부터 백 년이 넘도
록 많은 영화가 만들어졌다. 가장 유명한 것은 그레타 가르보 주연의
영화 〈카밀(카미유)〉(Camille, 1936). 역시 〈춘희〉라는 제목으로 옮겨
졌다. 원작 소설은 한국 영화에도 씨를 뿌렸다. 라디오로 먼저 발표

된 드라마(1953)를 각색한 〈동백 아가씨〉(1954)는 한국 영화의 고전이 되었다. 같은 제목의 파란 많은 주제가도 유명하다.

『동백꽃 부인』의 작가, 뒤마 피스

한겨울에도 꽃을 피우는 동백꽃의 꽃말은 절조와 기다림, 그리고 겸허한, 애타는, 진실한 사랑이다. 프랑스 꽃말도 아주 다르지 않다. 지조, 장생, 지극한 열정이다. 소설에서 꽃의 의미는 대담하다. 마그리트는 코티잔이다. 코티잔(courtisane, courtesan)은 교양과 세련미를 갖추고 상류층 남자의 돈으로 살아가는 사교계의 여성이다. 공연을 좋아하는 그녀가 극장에 갈 때면 좌석 앞에는 항상 동백꽃 다발이 놓인다. "한 달 중 25일은 하얀색, 5일은 붉은색 꽃이다." 꽃의 색은 사랑을 나눌 수 있고 없는 날들을 상징한다. "동백꽃 부인"이라는

명칭은 거기서 비롯된다. 그러나 색의 대조가 성적 함의만을 갖는 것
은 아니다. "마그리트에게서 동백꽃 외의 다른 꽃은 결코 볼 수 없었
다"(『동백꽃 부인』, II). "고상한 젊은이들"의 "자랑스러운" 애인이었던
그녀는 순진한 열정을 지닌 아르망을 만나 차츰 진실한 단 하나의
사랑을 알아간다. 그녀의 동백꽃은 원래의 꽃말인 지조와 지극한 사
랑의 의미를 되찾는다. 붉고 하얀 두 가지 색의 결합, 이야기의 핵심
은 그것이다.

　실화 소설인 『동백꽃 부인』의 모델은 마리 뒤플레시스(Marie
Duplessis, 1824-1847), 본명은 로즈 알퐁신 플레시스다. 그녀는 농
촌의 가난한 집에서 태어났다. 아버지는 폭력적인 알코올 중독자였
다. 일곱 살에 어머니를 잃고 아버지에게 버림받아 불우한 어린 시
절을 보낸 그녀는 열다섯 살에 파리로 가서 어렵게 생계를 이어가던
중 부유한 후원자를 만난다. 그녀는 글과 피아노를 배우고 예술을 익
히고 교양을 쌓는다. 그녀는 타고난 총기와 매력, 보기 드문 미모와
우아함으로 단번에 파리 사교계의 유명한 코티잔이 된다. 그녀 나이
겨우 열여섯이다. 그녀가 여는 사교 모임에는 많은 유명 인사들, 작
가들, 부유한 귀족들이 드나든다. 그녀를 사랑한 남자들은 수없이 많
다. 그 가운데 첫 번째는 그라몽 공작(Agénor de Gramont)이다. 그
는 그녀의 이름을 귀족적이고 우아한 것으로 바꿔주고 그녀의 정신
을 문학과 예술로 고양한다. 두 사람의 사랑은 집안의 개입으로 끝
이 난다. 그의 가족은 그를 외지로 보낸다. 뒤마 피스와 뒤플레시스
의 사랑은 1844년 9월부터 다음 해 8월까지 1년간이다. 그녀를 혼자
서 품을 수 없었던 그는 좌절하고 떠난다. 『동백꽃 부인』의 이야기는

뒤마 피스와 드 그라몽의 사랑이 중첩된 것으로 보인다. 마리 뒤플레시스는 작곡가 리스트와도 한동안 사랑을 나누지만, 그도 순회공연에 동행하기를 원하는 그녀를 거절하고 떠난다. 그녀는 또 다른 찬미자인 젊은 백작을 만나 결혼까지 하지만 백작 부인으로서의 삶은 이어지지 않는다. 다시 사교 생활로 돌아온 그 "길잃은 여자"는 폐결핵에도 불구하고 축제에 빠져 살다가 스물셋의 나이에 숨을 거둔다. 몇 달 후 그녀의 죽음 소식을 접한 뒤마 피스는 3주 만에 『동백꽃 부인』을 써낸다. 소설의 성공에 고무된 그는 몇 년 후 소설을 연극으로 각색해서 무대에 올린다.

베르디가 그 연극을 본 것은 파리에 체류하던 1852년이다. 애인

오페라 〈라 트라비아타〉를 작곡한 이탈리아의 작곡가 주세페 베르디

지우세피나(Giuseppina)와 함께였다. 아내와 사별 후 만난 그녀는 1843년 스칼라 극장에서 상연된 〈나부코〉의 가수였다. 그녀는 사생아를 여럿 출산할 만큼 애정 관계가 복잡했다. 지탄받는 그녀와의 관계로 베르디는 오랫동안 힘들어했다. 뒤플레시스의 남자들처럼 금지된 사랑을 앓던 그는 연극을 보고 감동에 젖어 곧바로 오페라 작업에 들어간다. 베르디가 작품 스케치를 할 당시 여주인공은 원작의 이름을 이탈리아어로 옮긴 마르게리타(Margherita)였다. 어느 순간 그것은 비올레타로 바뀐다. 마르게리타는 죽은 아내의 이름이다. 그녀는 두 살이 되기 전에 죽은 두 아이를 따라 병으로 세상을 떠났다. 열여덟 살에 만나 십 년을 함께했던 그녀를 잃었을 때 베르디는 절망했다. 나중에 두 번째 아내가 될 지우세피나와의 사랑이 투영된 작품에 그 이름을 쓰는 것은 분명 힘든 일이었을 것이다. 마르게리타와 비올레타. 두 이름의 차이는 동백꽃의 흰빛과 붉은빛만큼 크다. 원작 소설과 오페라의 차이도 그렇다.

마거리트와 비올레타는 모두 꽃 이름이다. 하얀 마거리트 꽃과 보랏빛 제비꽃. 두 꽃은 청초함과 화려함으로 대조된다. 소설이나 오페라나 같은 이야기지만 관점이 다르다.『동백꽃 부인』은 남자의 지순한 사랑 이야기다. 아르망의 절절한 설명과 해명이 전부다. 마거리트는 대상이다. 아르망은 그녀를 생각하고 그린다. 기억으로 다듬고 미화한다. 피그말리온처럼 사랑의 조각상을 만든다. 〈라 트라비아타〉의 비올레타는 생생한 주체다. 사랑을 택하고 희생을 결심하고 죽음을 맞는 모습이 작품 전체를 구성한다. 소설과 달리 오페라는 여자의 비애가 주제다. 둘의 차이는 마거리트와 제비꽃만큼 크다.

마거리트   제비꽃

작가가 마그리트를 "시화"(poétiser)하고 순화하는 과정을 요약하는 소품이 『마농』이다. 이야기의 실마리가 되는 그 책은 작가를 대리하는 화자와 소설 속의 화자 아르망을 잇고, 아르망과 마그리트를 잇고, 마그리트와 마농을 잇는다. 작가는 명시한다.

마농이 사막에서 죽은 것은 사실이다. 그러나 그녀는 온 영혼의 힘으로 그녀를 사랑했던 남자의 품에 안겨서 죽었다. 그는 영혼이 소진된 채로 무덤을 파주고 눈물로 그녀를 적시고 자신의 마음을 함께 묻었다. 마농처럼 죄가 많고, 아마도 그녀처럼 회개하였을 마그리트는, 내가 본 바에 따르면, 화려한 호사품 속에서, 자신의 과거가 담긴 침대에서 죽었다. 그러나 그것은 마농이 묻혔던 사막보다 훨씬 더 건조하고, 더 거대하고,

더 무정한 마음의 사막 한가운데였다.

『동백꽃 부인』, III.

『마농』은 여러 형태로 나타난다. 아르망은 후원자의 돈을 이용하려는 마그리트의 이야기에 마농과 데그리외의 사기 행각을 떠올리며 "얼굴을 붉히기"도 하고, 마그리트의 "눈물에 젖은" 그 책을 넘기며 그녀의 변화를 읽기도 한다. 아르망을 설득하는 아버지까지 그녀를 마농에 비유한다. 『마농』은 마그리트의 눈물과 희생을 자아낸다. 둘만의 사랑으로 가장 행복한 순간, 눈물로 정화된 그녀는 순수하고 "진실한 삶"을 되찾는다.

그 여자는 시소한 것에노 경탄하는 아이의 마음을 지니고 있었다. 어떤 날은 열 살 난 소녀처럼, 나비나 잠자리를 따라 정원을 뛰어다니곤 했다. 온 가족이 기쁨을 누리며 사는 데 필요한 것보다 더 많은 돈을 다발로 쓰게 하던 그 코티잔이, 이따금 잔디에 앉아, 한참 동안 자신과 똑같은 이름을 가진 소박한 꽃을 살펴보기도 했다.
바로 그맘때 그녀는 『마농 레스코』를 아주 자주 읽었다. 그녀가 책에 노트하는 것도 여러 번 보았다. 여자가 사랑한다면 마농 같은 행동은 할 수 없다고 그녀는 늘 말했다.

XVII.

"마농을 마그리트에게, 겸손." 아르망이 마그리트에게 준 책 『마농』의 첫 페이지에 그가 쓴 글이다. 이 암시적인 헌사는 일종의 부적이다. 여자를 악마로부터 지키는, 여자의 악행을 막는, 팜파탈의 치명적 독소를 제거하는 주술적 문구. "겸손"을 가장하는 혹은 강요하는 이 남자는 무엇인가. 마농의 승화는 누구의 희망인가. 이중의 화자 뒤에 숨은 작가는 마그리트를, 마리를 얼마나 사랑했을까. 마리 뒤플레시스와 뒤마 피스의 사랑은 어느 정도였을까. 실화의 밀도는 어느 정도일까. 갓 작가의 길로 들어선 그는 화려하고 유명한 코티잔의 후광을 예감했을 것이다. 사랑을 과장하고 포장하고 파는 것도 글쓰기의 몫이긴 하다. 『마농 레스코』에서는 느낄 수 없는 의구심. 『동백꽃 부인』의 남자는 참으로 사랑에 눈먼 사람은 아니다.

구원은 역시 음악이다. 절세의 오페라 〈라 트라비아타〉는 『동백꽃 부인』의 박제된 사랑을 생생하게 되살린다. 특히 알프레도의 고백 직후, 비올레타 혼자서 흔들리는 마음을 노래하는 I막 5장은 음악적으로나 극적으로나 빼어난 대목이다. "이상하여라…"로 시작하는 독백에 이어지는 아리아 〈아, 그이였던가〉(Ah, fors'è lui)와 〈언제나 자유롭게〉(Sempre libera)의 대조적 파트는 사랑과 자유, 순정과 환락의 갈등을 눈부시게 표현한다. 멀리서 메아리치는 알프레도의 음성 ("사랑은 우주의 심장 박동…")도 아름다움에 아련한 깊이를 더한다. 전체적으로도, 줄거리는 단순하지만, 음악적 구성은 밀도가 높다. 앞부분의 화려한 〈축배의 노래〉와 마지막 죽음의 노래의 대조는 오페라의 비극적 본질, 혹은 사랑의 비극적 본질을 함축한다.

사랑의 비극은 해피엔딩을 좋아하는 현대에는 극적으로 전환된

RICHARD GERE
JULIA ROBERTS

She walked off the street,
into his life
and stole his heart.

©Buena Vista Pictures

1990년에 개봉한 영화 〈프리티 우먼〉의 포스터

다. 20세기 말에 제작된 영화 〈프리티 우먼〉은 〈라 트라비아타〉의 음악을 효과적으로 사용한다. 사랑이 피어오를 무렵, 이야기의 맥점이다. 남녀 주인공이 비행기를 타고 날아가 오페라를 관람한다. 이탈리아 가사를 어떻게 알아듣느냐고 묻는 비비안에게 돈도 교양도 많은 에드워드가 대답한다. 음악은 매우 강력한 것이라서, 이해할 것이라고. 비비안은 오페라에 푹 빠져 눈물까지 흘린다. 오페라 관람 후 사랑은 깊어지지만, 두 사람은 신분의 차이를 극복하지 못하고 헤어진다. 비비안이 도시를 떠나려는 순간, 에드워드가 청혼하러 꽃을 들고 찾아온다. 오페라에서 비올레타가 알프레도를 위해 떠나기로 결심하고 사랑에 북받쳐 드높이 부르던 노래가 울려 퍼진다. "날 사랑해주오, 알프레도, 내가 그대를 사랑하는 만큼…"(Amami, Alfredo, quant'io t'amo) 비비안이 거리의 여인이라는 허물을 벗는 순간이다. 눈물에 씻긴 그녀는 이제 신데렐라다. 비올레타의 영혼이 승화하는 순간이다.

 베르디, <라 트라비아타> 중에서 <Amami Alfredo>
쿠르작 노래

캐서린의 회색빛 눈동자

헤밍웨이, 『무기여 잘 있거라』

헤밍웨이 Ernest Hemingway (1899-1961)
1차 세계대전과 스페인 내전 등 여러 전쟁에 참여했고
특파원으로 유럽에서 오랜 시간 머물며 문학적 교류와 창작을 했다.
세대의 상실감과 존재의 허무를 거침없는 문체로 담아냈다.
—『무기여 잘있거라』 (1929)

프레더릭 헨리는 이탈리아 군대에 자원한 미국인 의무 장교다. 그는 세상일에 무심하다. 아무도 아무것도 믿지 않는다. 신도 사랑도 믿지 않는다. 뭐든 그는 "별로 사랑하지 않는다". 그는 사랑을 쉽게 생각한다. 휴가에서 돌아온 다음 날 그는 친구가 사귀려고 마음먹은 여자를 소개받는다. 그녀의 이름은 캐서린 바클리, 영국인 간호 봉사원이다. 그녀는 지난해 죽은 약혼자의 유품을 간직하고 있다. 다음 날 그는 혼자 그녀를 찾아가 유혹한다. 그녀에게 대뜸 키스하려다 뺨을 맞는다.

우리는 어둠 속에서 서로를 보았다. 나는 그녀가 아주 아름답다고 생각하며 그녀의 손을 잡았다. 그녀는 가만히 있었고, 나는 손을 잡은 채 팔을 둘러 그녀를 안았다.

"안 돼요." 그녀가 말했다. 나는 팔을 빼지 않았다.

"왜 안 돼요?"

"안 돼요."

"아니, 하게 해줘요." 내가 말했다. 어둠 속에서 그녀에게 키스하려고 얼굴을 기울이는 순간 예리하게 찌르는 듯한 섬광이 번쩍였다. 그녀가 나의 얼굴을 세차게 때린 것이었다. 그녀의 손이 내 코와 눈을 쳐서, 눈에서 저절로 눈물이 나왔다.

"정말 미안해요." 그녀가 말했다. 나는 뭔가 유리해졌다고 생각했다.

V.

갑작스러운 입맞춤에 놀라고 때리고 미안해하는 순간 그녀의 마음은 이미 열렸다. 그는 곧 다시 그녀에게 "세차게" 키스한다. 그녀는 몸을 떨다가 그의 어깨에 기대어 울며 말한다. "내게 잘해 줄 거지요?" 그녀는 불안하다. 그만큼 믿음도 강하다. 종교를 믿듯 사랑을 믿는다. 캐서린은 금발에 피부가 황갈색이다. 『누구를 위하여 종은 울리나』의 마리아와 피부색이 같다. 눈 색깔은 다르다. 마리아는 피부와 같은 금빛 황갈색이고, 캐서린은 회색이다. 머리도 마리아와 다르게 길지만, 약혼자를 잃고서는 마음을 닫고 머리를 깎으려고 했었다. 사랑하는 사람의 죽음을 겪은 여인, 회색빛 눈동자, 뭔가 마음에 걸린다. 지나간 아픔, 다가올 슬픔이 엿보인다.

1932년 개봉한 〈무기여 잘 있거라〉의 포스터

믿음이 없는 남자 프레더릭은 그녀를 사랑하지 않는다. 그는 사흘 후 그녀를 다시 만나러 간다. 그녀를 사랑한다고 말한다. 거짓말이다. "나는 캐서린 바클리를 사랑하지 않았고 사랑할 생각이 조금도 없었다"(VI). 그는 그녀와의 만남을 "아주 가볍게" 생각한다. 그는 마음이 없다. 이탈리아인 친구가 그에게 말한다. "너는 정말 이탈리아인이야. 온통 화염에 덮여 있지만, 속에는 아무것도 없어"(X).

그는 마음도 머리도 텅 빈 것이기를 바란다. 빈 것을 채우듯 그는 쉼 없이 먹고 마신다. "나는 생각하려고 태어난 사람이 아니다. 나는 먹으려고 태어났다. 정말로, 그렇다. 먹고 마시고 캐서린과 잠자려고 태어났다"(XXXII). 그는 맨날 술이다. 온갖 술을 다 마신다. 식사 때마다 와인을 병으로 마시고, 동료나 신부와 얘기할 때도 마신다. "신부는 좋은 사람이지만 따분했다. 장교들은 좋은 사람들이 아니지만 따분했다. 왕은 좋은 사람이지만 따분했다. 와인은 형편없지만 따분하지 않았다"(VII). 전선에서 공격을 기다리면서 장교들과 럼주를 마시고, 대피호에 숨어 포격 소리를 들으면서 치즈와 파스타에 와인을 병사들과 나눠 먹고 마신다. 그러다 포탄을 맞아 옆에 있던 병사 하나가 죽고 그는 다리에 심한 부상을 입는다(IX). 병실에서도 친구가 가져온 코냑을 두고 마신다(X). 병문안 온 신부와 베르무트를 나눠 마시고(XI), 찾아온 친구들과 브랜디를 취하도록 마신다(XII). 밀라노에 있는 미군 병원으로 후송된 뒤에도 병실에 술을 들여와 몰래 마시고(XIII) 몸이 나아서 레스토랑에 갈 때는 온갖 고급 화이트 레드 와인을 마신다(XVIII). 병실에 감춰둔 빈 병들이 한아름 발각될 즈음에는 지나친 음주로 황달에 걸린다(XXII). 일상의 저녁에도 위중한 상황에도, 좋은 음식을 즐길 때도 빵으로 끼니를 때울 때도, 늘 와인이나 브랜디를 곁들인다. "와인은 대단한 물건이야. 나쁜 것들을 다 잊게 해주니까"(XXIII). 그에게 술은 음식과 삶의 소화제다.

먹고 마시기 바쁘도록 속이 허하고, 진심이라곤 없던 그가 사랑에 차츰 빠져든다. 사랑은 그도 모르게 속에서 차오른다. 짧고 긴 이별을 통해 누적된 "외롭고 허전한 느낌"은 허기처럼 채우고 달랠 수 있는 것이 아니다. 밀라노 병실에서 그녀를 다시 만났을 때 그는 믿지 않던 사랑의 위력을 느낀다.

그녀가 병실로 들어와 침대 쪽으로 왔다.

"잘 있었어요." 그녀가 말했다. 그녀는 생기 있고 젊고 무척 아름다워 보였다. 이렇게 아름다운 사람을 본 적이 없다는 생각이 들었다.

"잘 있었소." 내가 말했다. 그녀를 보고 나는 사랑에 빠졌다. 모든 것이 내 속에서 뒤집혔다. 그녀는 문 쪽을 바라보더니, 아무도 없는 것을 보고는, 내 침대맡에 앉아서 몸을 기울여 나에게 키스했다. 나는 그녀를 끌어당기고 키스하며 그녀의 심장이 뛰는 것을 느꼈다. [⋯] 나는 그녀가 미치도록 좋았다. 그녀가 정말 여기 있다는 것이 믿기지 않아 그녀를 힘껏 껴안았다.

그녀가 묻는다. "나를 정말 사랑해요?" 그가 답한다. "정말로 사랑하오." 사랑한다는 말, 이번에는 진심이다. 서로의 사랑을 확인하고 사랑을 나누고 그녀는 병실을 나간다. 그는 담당 간호사가 들어올 때까지 사랑의 경이로움에 잠긴다.

영화 〈무기여 잘 있거라〉의 한 장면. 주인공 게리 쿠퍼와 헬렌 헤이즈의 모습, 1932

그녀는 나갔다. 신에게 맹세코 나는 그녀와 사랑에 빠지기를 원하지 않았었다. 나는 어느 누구와도 사랑에 빠지기를 원하지 않았었다. 그러나 신에게 맹세코 나는 원했었고 나는 밀라노 병원의 병실 침대에 누워 있었고 그리고 별의별 생각이 머리를 스쳐 갔지만 기분이 너무나 좋았고 그리고 마지막으로 게이지 양이 들어왔다.

XIV.

새삼 사랑을 깨달은 그와 달리, 캐서린은 처음부터 진심으로 그를 사랑했다. 그녀를 밀라노로 옮겨온 것도 사랑의 힘이다. 그녀는 그를 위해 뭐든지 한다. "착한" 그녀는 말한다. "나는 당신이 원하는 걸 원해요. 이제 더 이상 나라는 건 없어요. 그저 당신이 원하는 것만 있을 뿐"(XVI). 이제는 그도 그녀 못지않다. 그녀를 몹시 사랑하고 결혼할 생각까지 한다. 그녀는 전시에 군이 힘들게 결혼하지 않아도 된다며 다시 말한다. "나라는 건 없어요. 내가 당신이에요. […] 나는 이미 당신과 결혼한 거예요"(XVIII). 두 사람은 그곳에서 신혼부부처럼 행복한 몇 달을 보낸다. 여름이 가고 가을이 온다. 전선으로 복귀할 시간이 다가온다. 프레더릭은 복귀 명령과 캐서린의 임신 소식을 같은 날 접한다. 두 사람은 기차역 건너편 호텔을 잡고 와인과 함께 좋은 식사를 하고 그리고 헤어진다. 비가 내리는 날이었다.

두 사람이 다시 만나는 것은 프레더릭이 죽음의 고초를 겪고 난 다음이다. 그는 후퇴 행렬에서 이탈한 뒤 갖가지 전쟁의 참상을 목도하고 간신히 사지에서 벗어나 그녀를 찾아온다. 삶과 사랑에 대한 갈구가 그 어느 때보다 크다. 사랑하는 그녀와 함께 있는 삶 외의 다른 것은 모두 "비현실적"이다. 그는 그녀에게 말한다. "이제 당신이 곁에 없으면 이 세상에 내가 가진 건 하나도 없어. […] 당신을 너무 사랑해서 다른 할 일은 아무것도 없어"(XXXV). 이제 그도 그녀다. 그녀처럼 그에게도 '나'라는 개체는 의미가 없다. 오로지 함께 있기 위해 그들은 국경을 넘어 스위스로 탈출한다. 그는 작은 보트에 브랜디와 와인, 샌드위치를 챙겨 넣고 폭풍우 속에서 밤새 노를 저어 호수를 건넌다.

그들은 스위스의 한적한 마을에 머물며 그들이 바라던 대로 한 몸처럼 산다. 그도 그녀도 "그저 아주, 아주, 아주 행복"하기만 하다. 겨울이 지나고 봄이 온다. 출산일이 다가온다. 그들은 작은 마을을 떠

나 병원이 있는 도시로 간다. 출산은 그러나 행복의 결실이 아니라 죽음의 절단이다. 그는 다 잃는다. 아기도 산모도 죽는다. 사랑으로 채워졌던 그의 존재는 다시 비워진다. 삶과 사랑에 대한 믿음도 소멸한다. 죽음이라는 무기를 가진 세상의 품(arms)에서 그는 다시 벗어난다.

사람들이 이 세상에 너무 많은 용기를 가지고 나오면 세상은 그들을 꺾기 위해 그들을 죽여야 하고, 그래서 당연히 그들을 죽인다. 세상은 모든 사람을 꺾고 그 후 그렇게 꺾인 곳에서 대부분이 강해진다. 그러나 꺾이지 않는 사람들은 세상이 죽인다. 아주 선한 사람과 아주 온화한 사람과 아주 용감한 사람을 가리지 않고 죽인다. 당신이 그런 부류에 속하지

않더라도 분명히 세상은 당신도 죽이겠지만 특별히 서두르지는 않을 것
이다.

XXXIV.

데이지와 개츠비, 위대함의 허무함

피츠제럴드, 『위대한 개츠비』

피츠제럴드 Francis Scott Fitzgerald (1896-1940)
1920년대 미국 "재즈 시대"의 화려함과 향락, 환멸을 재현한 작가.
24세에 첫 소설의 성공과 함께 원했던 여인과 결혼하지만, 열정이 식은 뒤였다.
후속작의 실패와 낭비로 재정적 어려움을 겪고 술에 빠져 일찍 생을 마감했다.
— 『위대한 개츠비』 (1925)

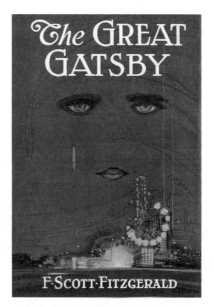

1925년 출간된 『위대한 개츠비』 표지

    『위대한 개츠비』. 제목은 질문한다. 소설이 발표된 지 백 년이 되도록 지속되는 질문이다. 위대한? 무엇이 위대한가. 미련한 것 아닐까. 사랑하는 여자를 위해 모든 것을 희생하는 남자, 돈과 안락만 쫓는 여자의 죄까지 뒤집어쓰고 죽는 남자. 목숨 바쳐 사랑한 여자는 그의 장례식에 조문도 보내지 않는다. 헛된 사랑을 한 개츠비가 왜 위대한가. 혹시 냉소적이거나 반어적인 표현일까. 작가도 여러 제목을 두고 망설였다. 그가 선호한 제목은 "웨스트에그의 트리말키오". 웨스트에그는 소설의 배경이고, 트리말키오는 고대 로마의 풍자소설 『사티리콘』의 주인공 이름이다. 트리말키오는 벼락부자가 된 허세 가득한 젊은이다. 개츠비처럼 연일 호화로운 연회를 여는 그의 이름은 소설에 인용되어 있다. "트리말키오로서의 그의 경력은 끝났다"(VII). "위대한 개츠비"를 제목으로 제안한 편집자가 없었다면 소설은 풍자적인 색채로 덧씌워졌을 것이다. 작가도 확신이 없었던 셈이다. 작가의 의문까지 품은 제목은 작품 이해의 돋보기다.

『위대한 개츠비』의 편집자, 맥스 퍼킨스

데이지는 보석 같다. "슬프면서 사랑스러운 빛을 품은" 얼굴에 "빛나는 눈과 열정으로 빛나는 입"을 가진 여자다. 생기 넘치는 그녀의 목소리는 삶의 기쁨을 발산한다. 태생적인 풍요로움에서 비롯된 그 빛을 개츠비는 탐했다. "그녀는 그가 난생처음 알게 된 '멋진'(nice) 여자였다"(XIII). 아무런 배경도 없는 "몹시 가난한 청년"이었기에 욕망은 더 컸다. 그러나 가까워질수록 두 사람의 거리는 더 멀게 느껴진다.

부여한 상상의 산물이다. 그러나 아름다움이 무엇인가. 사랑하는 주체가 대상에 부여하는 가치 아닌가. 사랑받는 사람은 아름답다. 데이지는 개츠비의 사랑으로 인해 빛나는 꽃이다.

아름다움을 꿈꾸는 사람도 아름답다. 콰지모도의 영혼도 아름답다. 꿈과 상상은 현실의 결핍을 초월한다. 개츠비의 "창조적인 열정"은 자신마저 탈바꿈한다. 초라한 농부의 아들이었던 제임스 개츠는 제이 개츠비로 이름을 바꾼다. 개츠비는 "자신의 이상적인 관념에서 솟아난" 인물이다(VI). 창조된 이미지가 존재를 쇄신한다. 그는 "환상의 엄청난 활력"으로 모든 것을 일군다. 그는 잃어버린 시간까지 되찾으려 한다. 그는 "과거를 반복할 수 있다"고 믿는다. 사라진 사랑을 되살리고, 첫 만남의 덧없는 순간을 영원한 것으로 되돌린다. "단 하나의 꿈으로 너무나 오래 살아온" 대가는 허무한 죽음이지만, 허무는 어차피 삶의 본질이다. "운명이 인간에게 준 유일한 선물은 죽음이다." 시인 발레리의 말이다. 그래도 개츠비는 타고난 "낭만적 감응"으로 꿈과 미래를 믿었다. 소멸하는 사랑의 지속을 믿는 우직함, 그것이 개츠비의 위대함이고 소설의 위대함이다. 위대한 연인의 마음속에는 영원히 살아 숨 쉬는 꽃이 있다. 그 꽃은 순수한 영혼의 화신, 신성한 사랑의 현현이다.

데이지의 하얀 얼굴이 그의 얼굴에 가까워지자 그의 심장은 점점 더 빨리 뛰었다. 이 아가씨와 입맞춤하고, 곧 소멸해버릴 그녀의 숨결에 말로 표현할 수 없는 그의 환상을 영원히 결합하면, 그의 마음은 결코 다시는 신의 마음처럼 마냥 뛰놀지 못하게 될 것을 그는 알았다. 그래서 그는 어느 별에 부딪힌 소리굽쇠 소리에 잠깐 더 귀를 기울이며 기다렸다. 그러고는 그녀에게 입맞춤했다. 그의 입술과 접촉하자 그녀는 그를 위해 한 송이 꽃처럼 피어났고, 그렇게 화신(incarnation)이 완성되었다.

Ⅵ.

바다와 태양과 남자

카뮈, 『이방인』

카뮈 Albert Camus (1913-1960)

알제리 태생의 프랑스 작가.

서정적인 영혼과 철학적인 사유가 공존하는 그의 글은

부조리한 세상에서의 자유로운 삶과 인간적 유대 가능성을 탐구했다.

감정과 이념을 배제한 "백색 문체"로 주목받았다.

— 『이방인』 (1942)

『이방인』의 작가, 알베르 카뮈

『이방인』은 흡인력이 강하다. 작가의 무심한 어투는 독자의 감정 몰입을 부른다. "부재의 문체"라 불리는 글쓰기의 힘이다. 그 힘은 "투명한 언어"로 어머니의 죽음을 기술하는 첫머리부터 느껴진다.

오늘, 엄마가 죽었다. 어쩌면 어제였는지 모르겠다. 요양원에서 전보를 받았다. "모친 사망. 장례 내일. 경배." 의미 없는 말이다. 아마 어제였을 것이다.

I, 1.

『이방인』이 주는 첫인상은 낯섦 혹은 답답함이다. 주인공 뫼르소는 감정이 없는 듯이 말하고 행동한다. 해야 할 말은 않고 실없는 말은 술술 한다. 느낌을 말해야 할 듯한 대목에서 무덤덤하게 넘어간다. — 작가의 표현은 다르다. "그는 거짓말하기를 거부한다. […] 그는 자신을 있는 그대로 얘기하고, 자신의 감정을 숨기는 것을 거부한다"(영어판 서문, 1955). — 일인칭 소설이지만 관점은 제삼자 같다. 사실 일인칭도 아니고 거의 무인칭이다. 그는 이 세상에 마음이 없는 사람이다. 삶에도 죽음에도 무심하다. 어머니가 죽어도, 여자가 사랑을 물어도, 그에게는 다 "의미 없는" 것일 뿐이다. 그는 무감각하게 세상을 바라본다. 내면 의식을 표출하는 법이 없다 — 죽기 직전까지. 그는 안에도 밖에도 없다. 세상 어디에도 속하지 않는 사람, 그래서 "이방인"이다.

그가 예전 직장동료인 마리를 만나는 것은 어머니의 장례를 치른 다음 날이다. 그녀는 이방인의 세계에서 유일하게 조금쯤 의미 있는 존재다. 감옥에 갇힌 후, 면회하러 온 그녀를 보고 느끼는 욕망은 그의 유일한 "희망"이다(II, 2). 마지막에 그가 죽음을 받아들이면서 유일하게 보고 싶어하는 것도 마리의 얼굴이다. "태양의 색깔과 욕망의 불꽃을 지닌 얼굴"(II, 5). 마리는 작은 형상 안에 큰 바다의 빛을 숨기고 있는 존재다.

태양 가득한 토요일, 그는 바다에서 그녀를 만난다. "물속에서" 그녀는 나타난다.

나는 전차를 타고 항구 해수욕장으로 갔다. 거기서 나는 물길로 뛰어들었다. 젊은이들이 많았다. 나는 물속에서 마리 카르도나를 만났다. 이전 직장의 타이피스트인데, 당시 나는 그녀에게 마음이 있었다. 그녀도 그랬던 것 같다. 그러나 그녀는 곧 일을 그만두었기에 우리는 만날 시간이 없었다. 나는 그녀가 부표 위로 올라가는 것을 도와주었고, 그러다 그녀의 젖가슴을 스쳤다. 나는 아직 물속에 있었고 그녀는 부표 위에 엎드려 있었다. 그녀가 내게로 몸을 돌렸다. 머리칼이 눈에 흘러내린 채로 그녀는 웃었다. 나는 부표 위 그녀 곁으로 기어올랐다. 날씨가 좋았고, 나는 장난치듯 머리를 뒤로 밀어 그녀의 배에 올려놓았다. 그녀가 아무 말이 없어서 나는 그대로 있었다. 눈에 하늘이 가득 들어왔다. 푸른 금빛 하늘이었다. 목덜미 아래, 마리의 배가 부드럽게 울렁이는 것이 느껴졌다. 우리는 반쯤 잠든 채, 부표 위에 오래 머물렀다. 태양이 너무 강해지자, 그녀는 물로 뛰어들었고, 나는 그녀를 따라갔다. 그녀에게 따라붙어, 손으로 그녀의 허리를 감았다. 그리고 우리는 함께 헤엄쳤다. 그녀는 계속 웃고 있었다.

I, 2.

어머니가 죽고 나타난 마리는 모성의 빈자리를 메운다. 뫼르소가 베고 누운 배는 "부드럽게" 그를 흔들어 재운다. 깊이 그를 품고 있는 것은 자연의 어머니, 바다다. 프랑스어로 바다(mer)와 어머니(mère)는 발음이 같다. 마리의 이름이 성모 마리아와 같은 것도 우연이 아니다. 그녀는 영성과 관능, 태양과 욕망, 그리고 바다를 함유한다. 뫼르소가 느끼는 안온함이 몸속 가득, 하늘까지 가득한 이유다. "푸른 금빛 하늘" 아래, 푸른 바다 위, 파도와 함께 일렁이는 여인의 배 위에서 뫼르소는 세상의 평화를 호흡한다. 그에게 드문 행복의 순간이고, 나중에 그가 살인으로 깨뜨릴 "낮의 균형"이다.

그 전에 균형은 태양에 의해 깨진다. 태양은 어디서나 뫼르소를 내몬다. "넘쳐나는" 태양이 장례식에서 그를 정신 없이 몰아치고, "너무 강한" 태양을 피해서 그는 바다로 뛰어들고, "짓누르는" 태양을 떨쳐내려 총을 쏜다. 태양이 지배하는 그의 운명은 이미 그의 이름 속에 있다. 뫼르소(Meursault)는 죽음(meur, mourir, meurtre)과 태양(sault, sol, soleil)을 내포한다. 『이방인』과 함께 구상되었던 미완성작 『행복한 죽음』의 주인공이 메르소(Mersault)였던 것을 감안하면 바다(mer)까지 포함된 이름이다.

문학에서 태양은 부성을 상징하며 『이방인』의 태양은 부성의 부재까지 함축한다.

바다 위 가득한 태양은 부성을 상징한다. 태양이 아버지 신을 표상하는 것은 오랜 문학 전통이다. 『이방인』의 태양은 부성의 부재까지 함축한다. 뫼르소는 아버지를 모른다. 본 기억이 없다(II, V). 그의 아버지는 부재한다 — 마치 원래부터 그러한 것처럼, 이 세상의 신처럼. 그 이중의 부재를 태양이 대변한다. 있는 듯 없는 듯, 무심한 듯 아닌 듯, 불타는 태양신은 "무신론자"(II, 1) 뫼르소를 억압하고 자극한다. 해변의 모래밭 위에 이글거리는 태양은, 침묵 속에, 그를 죽음의 길로 몰아간다. 뫼르소가 친구의 싸움에 말려 아랍인들과 대적하고, 결국 혼자 뜨거운 모래밭을 떠돌다 살인을 하게 되기까지 태양은 집요하게 그를 추궁한다. 태양은 그의 존재를 휘젓고, 죽음의 도구까지 시사한다.

햇빛은 거의 수직으로 모래 위에 쏟아지고 있었고, 바다에 반사되는 그 강렬한 빛은 견디기 어려웠다. 해변에는 이제 아무도 없었다. […]
우리는 오랫동안 해변을 걸었다. 이제는 태양이 짓누르는 듯했다. 햇빛이 모래와 바다 위로 산산이 부서져 내렸다. […]
레몽이 내게 권총을 주었을 때, 햇빛이 그 위로 스며들었다. […]
붉게 작열하는 빛은 한결같았다. 모래 위로, 바다는 작은 파도를 뿜으며 질식할 듯 가파르게 숨을 몰아쉬고 있었다. 나는 천천히 바위를 향해 걸어가면서 태양 아래 이마가 부풀어 오르는 것을 느꼈다. 그 모든 열기가 나를 억누르며 내 발길을 가로막았다. 얼굴에 거대한 뜨거운 숨결이 느껴질 때마다, 나는 이를 악물고, 바지 주머니 속 두 주먹을 움켜쥐고서, 태양과 태양이 내게 쏟아붓는 멍멍한 취기를 이겨내기 위해 온몸을 팽팽하게 당겼다. 모래에서, 하얀 조개껍데기나 유리 조각에서 빛살이 솟구칠 때마다, 턱이 부르르 떨렸다. 나는 오랫동안 걸었다.

[…] 이글거리는 태양의 열기가 내 뺨을 덮쳐 눈썹에 땀방울이 뭉치는 것이 느껴졌다. 엄마를 묻었던 날과 똑같은 태양이었다. 그때처럼 머리가 몹시 아팠고, 피부 아래 모든 혈관이 함께 고동치고 있었다. 더 이상 견딜 수 없는 열기 때문에, 나는 앞으로 한 발짝 걸음을 떼었다. 어리석은 짓이 라는 것을, 한 발짝 옮긴다고 태양을 벗어날 수 없다는 것을 나는 알고 있 었다. 그러나 나는 한 발짝, 단 한 발짝 앞으로 내디뎠다. […] 바로 그 순 간, 내 눈썹에 쌓인 땀이 한꺼번에 눈꺼풀 위로 흘러내려, 뜨듯하고 두툼 한 막이 눈을 덮었다. 눈물과 소금의 장막에 가려 아무것도 보이지 않았 다. 느껴지는 것은 이마 위에 심벌즈처럼 울리는 태양, 그리고 희미하지 만, 여전히 정면에서 칼이 발산하는 날카로운 섬광뿐이었다. 불타는 칼날 같은 빛이 눈썹을 파고들어 고통스럽게 눈을 들쑤셨다. 모든 것이 흔들린 것은 바로 그때였다. 바다는 짙고 뜨거운 바람을 실어 왔다. 하늘은 온통 열려 불의 비를 쏟아내는 것 같았다. 나의 온 존재가 팽팽히 당겨졌고, 나 는 권총을 움켜잡았다. 방아쇠가 당겨졌고, 매끈하고 불룩한 손잡이의 감 촉이 느껴졌다. 바로 거기, 메마르고도 먹먹한 그 소리 속에서, 모든 것이 시작되었다. 나는 땀과 태양을 떨쳐버렸다. 나는 낮의 균형을, 내가 행복 했던 해변의 예외적인 침묵을 깨뜨렸다는 것을 깨달았다. 그러고서 나는 움직이지 않는 몸을 향해 네 번을 더 쏘았고, 총알은 보이지 않게 박혔다. 그것은 마치 불행의 문을 두드리는 네 발의 짧은 총성 같았다.

I, 5.

"낮의 균형"이 무엇일까. 생명을 낳고 거둬들이는 모성적 대지 혹은 바다를 지배하는 태양의 힘일까. 거대한 밤, 무 혹은 무한, 침묵의 세계를 덮고 있는 현상계의 빛일까. 행복과 공허의 공존, 삶과 죽음의 암묵적 공조를 뫼르소는 단 한 번의 총성으로 깨뜨린다. 그는 햇빛의 장막 아래 도사린 어둠의 힘을 일깨운다. 그는 이름에 새겨진 태양의 숙명을 죽음으로 떨쳐낸다. 네 발 더 총을 쏘는 행위는 — 그 자신도 해명할 수 없지만(II, 1) — 운명에 저항하는 — 스스로 운명의 문을 두드리는 — 의식의 확고한 표현이다. "태양 때문에" 살인을 저질렀다는 그의 법정 진술은 "터무니없는" 것이 아니다.

목숨을 담보로 그는 태양에서 벗어난다. 빛이 차단된 감옥은 오히려 편안한 휴식 공간이다. 닫힌 세상은 감옥 안이나 밖이나 같다. 해수욕하고 싶은 생각, "여자에 대한 욕망", 담배 피는 욕구를 해소할 수 없어서 아쉬운 정도다. "그런 불편을 제외하면, 그다지 불행하지도 않았다"(II, 2). 작은 감방에 갇혀 그는 태양을 잊는다. 가끔 어머니와 바다, 마리 생각을 한다. 차츰 다 잊는다. 삶에 대한 무관심과 함께 임박한 죽음을 받아들인다. 그를 다시 자극한 것은 고해성사를 권하러 온 신부(神父)다. 신부는 보이지 않는 태양신의 대리인이다. 헛된 설득과 설교 끝에, 그는 왜 다른 사람들처럼 자신을 "나의 아버지"(Mon Père)라고 부르지 않느냐고 묻는다. 뫼르소는 폭발한다. 그는 소리친다, 마치 처음처럼, 고함과 분노를 쏟아낸다. 그는 다시 한 번 "땀과 태양을 떨쳐" 낸다.

태양의 그림자가 사라지고, 그는 밤의 균형을 되찾는다. "밤, 흙, 소금 냄새"를 호흡하며, 그는 "잠든 여름의 놀라운 평화"를 맞아들인다. 그리고 죽은 어머니를 생각하며 공감한다. "죽음을 눈앞에 두고, 엄마는 해방감과 삶을 다시 살아볼 용의를 느꼈을 것이다." 해방감과 함께, 그는 "처음으로 세상의 다정한 무관심에 마음이 열림"을 느낀다. 이 세상이나 저세상이나 인간에게 무심하긴 마찬가지이므로(II, 5).

조르바, 대지의 영혼과 자유의 춤

카잔차키스, 『그리스인 조르바』

카잔차키스 Nikos Kazantzakis (1883-1957)

철학적인 시인, 작가, 정치가. 고국 그리스의 상황에 따라 이념적 투쟁을 지속했다.
그의 묘비명이 그의 삶과 정신을 요약한다.
"나는 아무것도 바라지 않는다. 아무것도 두려워하지 않는다. 나는 자유다."
— 『그리스인 조르바』 (1946)

『그리스인 조르바』의 작가 카잔차키스

『그리스인 조르바』는 "내 영혼에 아주 깊은 흔적을 남긴" 초인적
인물에 대한 기록이다. "조르바는 나에게 삶을 사랑하고 죽음을 두
려워하지 않는 법을 가르쳤다." 탄광 사업을 위해 크레타로 가는 길
에 '나'는 조르바를 만나 즉석에서 그에게 작업 관리를 맡긴다. 그들
은 한 집에서 생활한다. 예순다섯 살 노동자와 서른다섯 지식인, 두
사람은 저녁이면 함께 먹고 마시고 삶을 얘기한다. 삶을 나누지만,
둘은 전혀 다른 세계에 산다. '나'는 부처를 연구하고 글을 쓰는 "책
벌레", 그는 풍랑 이는 세상을 떠돌며 온몸으로 삶을 누리는 "신드바
드"다. 그런 그를 나는 부러워한다.

조르바는 자유인이다. 그는 그렇게 자신을 소개한다. 자신은 "인간"이고, 그래서 "자유"라고 못박는다. 그는 원초적 자연의 힘을 간직한 인간이다. 그는 "대지로부터 아직 탯줄이 잘리지 않은, 다듬어지지 않은, 순수하고 위대한 영혼"이다(I). 그는 삶을 사랑한다. "예술, 사랑, 아름다움, 순수, 열정"… 삶의 모든 것이 그의 몸속에 살아 있다. 그는 바람처럼 새처럼 춤추고 노래한다. 그의 산투리 연주는 하늘과 대지와 바다와 공명한다.

나도 자유를 사랑한다. 그러나 나에게 그것은 추상명사에 불과하다. "사람을 잡아먹는 '영원'이라는 단어"처럼 위험하기까지 하다. "'사랑', '희망', '조국', '신' 같은 말들"도 마찬가지다. 모두 혼을 빨아들이는 빈 관념, 검은 "우물"이다(XV). 우물 속에서 "음울한 목소리"가 들린다. 바로 마음속 악마다. "그 무시무시한 내면의 악마를 내쫓기" 위해서 나는 단테의 『신곡』이나 부처의 가르침에 매달린다. 존재의 무게를 벗기 위해 음식이나 사랑 같은 욕망을 멀리한다. "그런 육체의 쾌락을 나는 여러 해 동안 경멸해왔다"(III). 그러나 부처의 무념도 결국 신의 관념처럼 헛된 것임을 안다. 조르바의 신념은 정반대다. 그는 금욕이 아니라 탐욕을 통해 욕망을 벗어난다. —"그게 인간이 자신을 자유롭게 하는 방법이오. 수도승이 아니라 난봉꾼이 되어야 자유로워진다는 말이오. 한 배 반쯤 악마가 되지 않고서야, 어떻게 악마한테서 벗어날 수 있겠소?"(XVII) — 그는 이것저것 겪고, "털어내" 버리면서, "단순해져" 간다. —"나는 그렇게 나 자신을 풀어주고, 그렇게 사람이 되어 갑니다"(XX).

『그리스인 조르바』의 배경이자 그리스에서 가장 큰 섬인 크레타

　조르바에게도 무거운 과거가 있다. 두어 번 결혼도 했고, 결혼한 딸도 있다. 세 살밖에 안 돼 죽은 아들도 있었다. 그는 머무르지 않았다. 어디로든 어디서든 떠났다. 사랑하는 여자를 만나고 버리고 버림받고 다시 사랑을 찾았다. 그에게도 사랑은 영원한 신비다. 여자는 "이해할 수 없는" 문제, "끝이 없는 주제"다(VII). 알 수 없는 사랑 앞에서 그는 주저하지 않는다. 남자로서 마땅히 해야 할 일처럼, "허약한 존재"인 여자에 대한 의무처럼, 사랑을 한다. 사랑은 먹고 마시는 행위처럼 "끝없이 계속되는 이야기"다(VI). 조르바는 "무언가 갈망하는 것이 있으면, 그것을 먹고 또 먹고 질리도록 먹어서" 그 갈망을 없앤다(XVII). 그렇게 그는 끝도 없이 먹고 마시고 사랑한다. 크레타

에서도 그는 사랑을 한다. 무작정 그에게 빠져드는 마담 오르탕스와 질리도록 사랑을 한다. 수많은 남자를 배처럼 떠나보낸 그녀는 여전히 사랑에 목을 맨다. 그녀는 그가 영영 닻을 내리기를 기다리고, 그는 실컷 사랑하고 또 떠날 날을 꿈꾼다.

나는 여자를 피한다. 사랑을 두려워한다. 사랑의 무거움을 안다. 육체적 유혹을 마다하고 영혼의 평화에 전념한다. 마음의 시선으로 순수한 사랑의 정수를 찾는다. 대지와 바다, 자연 속에서 여성의 정기를 느낀다. 구름 덮인 산등성이에 "비스듬한 여인의 얼굴이 감춰진" 것을 보기도 하고(VIII), "오렌지 나무들 너머, 바다가 여인처럼 탄식하는 소리"를 밤새 듣기도 한다(XIV). 때로 대지를 향해 소리 없이 외치기도 한다. "오 대지여! 나는 그대의 마지막 자손, 그대의 젖을 붙들고 빨아 마시니, 이대로 놓아주지 않으리라"(XV). 조르바가 비웃는다. 여자는 피와 살이다. 안고 보듬어줄 생명이지 경외할 관념이 아니다. 두려울수록 품어야 한다고, 실컷 먹고 마시고 사랑하라고 되뇐다. 어느 날 문득 나는, 마법에 이끌리듯, 유혹을 느끼면서도 피해만 왔던 과부 수르멜리나를 찾아간다.

"여인과 와인 듬뿍, 바다와 일 듬뿍!" — 나는 자신도 모르게 조르바의 말을 계속 읊조리며 걷고 있었다. "여인 듬뿍, 와인 듬뿍, 바다 듬뿍, 일 듬뿍. 일 최대한, 와인 최대한, 섹스 최대한. 신도, 악마도, 두려워하지 않을 것. — 그것이 젊음과 힘이다." 나는 스스로 용기를 북돋듯이 그렇게 혼잣말을 반복하며 걸어갔다.

갑자기, 나는 걸음을 멈췄다. 마치 목적지에 도착이라도 한 듯이. 어디인가? 둘러보았다. 과부의 과수밭이었다. 갈대와 선인장 울타리 뒤에서 흥얼거리는 여인의 부드러운 노랫소리가 들려왔다. 나는 앞뒤를 살폈다. 아무도 없었다. 나는 갈대를 가르며 다가갔다. 오렌지 나무 아래 어깨가 드러나는 검은색 옷을 입은 여인이 있었다. 그녀는 꽃가지를 꺾으며 노래 부르고 있었다. 어스름한 빛 속에 하얗게 반쯤 드러난 그녀의 젖가슴이 보였다.

[…]

그녀는 천천히, 조심스럽게, 소리를 내지 않고 걸어 나왔다. 목을 뻗으며, 더 잘 보려고 눈을 가늘게 뜨고 응시하더니, 한 걸음 더 다가와서 머리를 내밀고 가만히 살폈다. 갑자기 그녀의 얼굴이 환해졌다. 그녀는 혀끝을 내밀어 입술을 핥았다.

XXI.

두 사람은 하룻밤을 함께한다. 다음 날 아침, 나를 보고 조르바가 환하게 웃는다. 나를 축복한다. 간밤에 맛보았던 기쁨이 대낮에도 여전히 몸속에 흐른다. "지난밤, 나는 처음으로 분명히, 영혼 역시 살이라는 것을 확인했다." 나는 햇빛 가득한 바다에서 헤엄치며 몸의 물살을 즐긴다. 햇빛 속에서 가만히 바다를 바라본다. "차가운 초록빛 바닷물을 떠다니는 듯한 깊은 육체적 쾌감"이 지속된다. 나는 부처를 벗어 던진다.

나는 벌떡 일어났다. 집으로 가서, 부처 원고를 꺼내 펼쳤다. 마침내 결론부였다. 부처는 꽃피는 나무 아래 누운 채, 손을 들어, 그의 몸을 구성하

고 있는 다섯 가지 ― 흙, 물, 불, 공기, 정신 ― 원소에게 흩어지라고 명령
했다. 그 고뇌의 표상은 이제 내게 필요가 없었다. 나는 그것을 넘어섰다.
부처에 대한 복무는 끝났다. 나 역시 손을 들어, 내 안의 부처에게 흩어지
라고 명령했다.

XXI.

바로 그날, 부활절 축일에, 과부가 죽는다. 그녀를 욕망하고 원망
하다 자살한 청년의 아버지에게 잔혹하게 살해당한다. 마을 사람 모
두가 공조한다. 나는 막아서지도 못하고 무력하게 바라만 본다. 조르
바의 힘으로도 막아내지 못한다. 조르바는 마을을, 사람을, 신을 저
주한다. 마음은 이미 먼바다를 떠간다.

어느새 나는 죽은 여인을 다시 관념화한다. 공포와 충격을 감당할
수 없다. 나는 눈을 감고 "현실을 변조"한다. "현실에서 피와 살과 뼈
를 제거하여, 현실을 추상 개념으로 환원"한다(XXII). 여인은 "기억
속, 신성한 부동의 상징 속으로" 들어간다. 살의 향기가 사라진다. 조
르바가 침묵으로 꾸짖는다. 그는 죽음의 슬픔과 고통을 그대로 받아
들인다. 분노로 터질 것 같은 가슴을 진정시키려 밤새 산을 오르내린
다. 마을 일꾼들을 거칠게 다루며 고된 작업에 몰두한다. 며칠간 먹
지도 마시지도 못한다. 그리고 고통 속에 침잠한다. 나는 "조르바의
고통을 부러워"한다. 그는 "진정한 남자"다. "슬플 때는 굵은 눈물을
흘리며 진심으로 울고, 크게 기쁠 때는 기쁨을 여과 없이 표출하는,
따뜻한 피와 단단한 뼈를 가진 사람"이다.

조르바의 여인 마담 오르탕스도 죽는다. 오래 누워 앓고 있는 그

녀를 보고서, 조르바는 말한다. "별일 아니다. 죽어가는 거다." 그녀는
죽고 싶지 않다고 절규하다가, 십자가에 입을 맞추고 눈을 감는다.

사랑으로 고통으로 가득한 그녀의 온 삶이 지속된 시간은 — 오 신이
여! 그런가? 아닌가? — 겨우 일 초나 됐을까.

XXIII.

조르바는 정성스럽게 장사를 지내고 죽은 여인을 마음에 묻는다.
그녀가 기르던 앵무새를 그녀의 영혼인 양 데려간다.

사랑하는 태양이여, 너는 왜 그리 서둘러 사라지는가?

삶은 한순간이다. 죽음은 말할 것도 없다. 두려운 것은 죽음이 아
니다. 늙음이다. 늙음은 시간을 탄다. 늙어가는 것을 조르바는 "치욕"
이라 생각한다(XIII). 그는 늙은 태를 벗기 위해 뭐든지 다 한다. 뛰고
춤춘다. 먹고 마시고 사랑하고 춤춘다. 삶의 춤, 자유의 춤을 통해 그
는 시간의 굴레를 벗어난다.

두 여인이 죽고, 사업도 하루아침에 폭죽 터지듯 망해 버린 날, 두
남자는 바닷가에서 마음껏 먹고 마신다. 해가 기울고 밤의 정기가 피
어오른다. "세상은 가벼워지고, 바다는 웃고, 대지는 뱃마루처럼 흔
들리고 있었다." 날아다니는 새를 보며 나는 조르바에게 춤을 가르
쳐달라고 청한다. 둘은 함께 춤을 춘다. "내 무거운 발에 날개가 돋는
것 같았다." 조르바의 춤이 이어진다.

크레타의 이라클리오에 있는 카잔차키스의 무덤

그가 높이 뛰어오르자 그의 손과 발은 날개로 변했다. 땅에서 수직으로 뛰어오르는 그의 모습을 바라보며, 하늘과 바다를 배경으로 대항하듯 솟아오르는 늙은 대천사를, 자유의 투사를 상상했다. 그만큼 그의 춤은 도발과 완강함, 반항심으로 가득했다. 그의 외침이 느껴지는 듯했다. "전지전능한 신이여, 나한테 뭘 할 수 있소? 아무것도 못 해요, 죽이는 것밖에. 어디 날 죽여보시오, 눈도 끔벅 안 할 테니. 나는 불만이 있으면 목소리를 내고, 하고 싶은 말이 있으면 다 했소. 무엇보다 춤을 출 수 있었으니, 더 이상 신이 필요 없어요."

XXV.

미키스 테오도라키스, <조르바의 춤>

에로티시즘에 접근하는 유일한 방법은
전율이다.
바타유, 『에로스의 눈물』

사랑이 힘든 것은
공범 없이는 할 수 없는 범죄이기 때문이다.
보들레르, 『내면 일기』

3

사랑과 죽음

사랑의 죽음

『트리스탄과 이졸데』
오페라 〈트리스탄과 이졸데〉

『트리스탄과 이졸데』
중세 켈트족의 전설로 12세기 음유시인들의 노래가 기록으로 남았고 여러 판본이 있다.
무수한 단편 기록을 모아 현대 프랑스어로 옮긴 중세 문학 문헌학자
조제프 베디에의 판본(1900)이 미덥다.
여러 연극, 영화로 옮겨졌다.

오페라 〈트리스탄과 이졸데〉 (1865, 바그너)

허버트 제임스 드레이퍼, 〈트리스탄과 이졸데〉, 1901

『트리스탄과 이졸데』는 수많은 사랑 이야기의 원천이다. 운명적인 사랑의 기쁨과 고통, 희망과 갈등, 슬픔과 죽음 등 주요 요소들이 극적으로 조합되어 있다. 짧게 널리 알려진 이야기지만, 원전은 시적인 묘사와 곡절 있는 일화로 가득하다. 아버지가 죽은 직후 태어난 트리스탄. "세상에서 가장 아름다운" 아들을 낳고 어머니도 바로 죽는다. 이름부터 슬픈(triste) 이유다. 그는 아름답고 강하게 자라나 삼촌인 마크 왕의 뛰어난 기사가 된다. 그의 칼은 나라를 지키고, 적을 만든다. 이웃 나라 공주 금발의 이졸데는 그가 죽인 적장의 조카다. 그는 그녀의 원수가 된다. 트리스탄의 기지와 용맹함은 적국의 괴물마저 죽이고 이졸데를 구한다. 원수는 구원자가 된다. 그녀의 마음을 정복한 트리스탄. 그러나 그의 임무는 제비가 물고 온 "금발"의 계시에 따라 왕비가 될 이졸데를 왕에게 데려가는 것이었다. 그녀는 모멸감을 느낀다.

금발의 이졸데는 수치와 번민으로 전율했다. 그렇듯 트리스탄은, 그녀의 마음을 사로잡고서는 그녀를 무시했다. 아름다운 금발 이야기는 거짓일 뿐이고, 그는 그녀를 다른 사람에게 넘기는 것이다.

Ⅲ. 금발 미녀를 찾아서.

배가 떠나기 전, 이졸데의 어머니는 딸의 하녀에게 여러 가지 풀과 꽃과 뿌리를 포도주에 섞은 "미약" 단지를 주며 이른다.

첫날밤, 결혼한 두 사람만 남게 되면, 이 향초 포도주를 잔에 따라서, 마크 왕과 이졸데 왕비가 함께 비우도록 건네주어라. […] 이것을 함께 마시는 사람은 온 감각과 온 마음이 다하도록, 항상, 살아서나 죽어서나 서로 사랑하게 될 것이다.

Ⅳ. 미약.

배에서 그 잔을 나눠마시는 사람은 이졸데와 그녀를 수행하던 트리스탄이다. 잘못 마신 미약의 효과는 대단하다.

아니, 그것은 포도주가 아니었다. 그것은 열정이었다. 쓰라린 환희와 끝없는 번민, 그리고 죽음이었다. […] 트리스탄은 날카로운 가시들과 향기로운 꽃들이 달린 살아있는 덤불이 심장의 피 속에 뿌리를 내리고, 강한 줄들로 아름다운 이졸데의 육체에 그의 육체와 모든 마음, 그리고 모든 욕망을 얽어매는 느낌이었다. […] 이졸데는 그를 사랑했다. 그렇지만 그를 미워하고 싶었다. 그는 비열하게 그녀를 무시하지 않았던가? 그녀는 그를 미워하고 싶었지만 그럴 수가 없었다. 증오보다 더 고통스러운 애정이 마음속에서 그녀를 자극했다. […] 그들은 먹을 것, 마실 것, 원기를 되찾아줄 것들을 다 마다하고, 서로를 찾아 눈먼 사람처럼 더듬어 걸어가고, 떨어져서는 번민하며 불행해지고, 다시 함께할 때는 첫 고백의 공포 앞에서 몸을 떨며 더욱 불행해졌다. […] "저주의 잔으로 그대들이 마신 것은 사랑과 죽음." […] 연인들은 꺼져갔다. 그들의 아름다운 몸 속에서 욕망과 생명이 전율하고 있었다.

아니, 이것은 미약의 효과가 아니다. 그저 사랑의 효과다. 미약은 구실이다. 포도주일 뿐이다. 모든 것이 사랑의 힘이다. 서로를 이끄는 자력, 하나가 되는 환희와 헤어지는 아쉬움, 그리움과 번민, 두려움, 애증, 고통, 불같은 욕망… 모두 강렬한 사랑, 그 열병의 속성이다. 이졸데가 왕비가 된 후에도 두 연인의 사랑은 계속된다. 은밀한 만남 속에 사랑은 더 타오른다. "슬프게도! 사랑은 감출 수가 없다." 어긋난 사랑의 운명은 정해져 있다. 사람들로부터의 도피, 고립, 운명의 저항 혹은 굴복, 맹세와 이별, 그리고 끝없는 그리움. 무엇을 해도 온몸에 퍼진 사랑의 독은 사라지지 않는다. "서로가 없이는 살 수도 죽을 수도 없었던" 그들은 함께 죽음을 맞는다.

그녀는 동쪽을 향해서 신에게 기도했다. 그리고 죽은 연인의 몸에 덮인 천을 조금 들추고, 그 곁에 나란히 누워, 그의 입과 얼굴에 입맞춤하고,

독일의 작곡가이자 지휘자, 바그너

그를 꼭 껴안았다. 몸과 몸, 입술과 입술을 맞댄 채, 그녀는 숨을 거두었다. 그렇게 그녀는 연인의 곁에서 고통을 나누며 죽었다.

　XIX. 죽음.

　바그너는 굴곡 많은 이야기를 명료하게 재단한다. 그의 오페라는 3막으로 이루어진다. 배를 타고 가던 트리스탄과 이졸데가 갈등 끝에 미약을 나눠마시는 Ⅰ막, 몰래 만난 두 사람이 사랑의 환희와 고통을 함께 노래하다가 발각되어 트리스탄이 칼에 찔려 쓰러지는 Ⅱ막, 그리고 죽어가는 트리스탄의 기다림에 이어 뒤늦게 도착한 이졸데가 죽음을 함께하는 Ⅲ막. 문학적 소양이 높았던 바그너는 가사의 운 맞춤과 밀도 있는 수사법을 통해 대본을 시화한다. 고전 비극처럼 절제된 구성을 바탕으로 한없이 자유롭고 끝없이 강박적인 "음악극"

이 펼쳐진다. 강박적인 드라마의 주요소는 빛과 어둠이다. 낮과 밤은 단순 배경이 아니라 사랑을 심화하고 죽음을 쉼 없이 환기하는 역할을 한다. 깊은 밤의 어둠은 "순수하고 성스러운" 사랑의 환희를 감싸고, "냉혹한" 낮의 빛은 태양이 사라진 뒤에도 "횃불"로 남아 불명예와 고통, 죽음을 일깨운다. 사랑과 죽음, 어둠과 빛, 두 가지 주제의 합과 변주는 "무한선율"을 타고 전편에 흐른다. 그 끝자락에 〈사랑의 죽음〉("Liebestod")이 있다. 죽은 연인을 보고 혼절했다가 다시 일어난 이졸데 혹은 그녀의 영혼이 부르는 마지막 아리아는 빛으로 가득하다. 사랑은 죽음을 통해 빛을 발한다.

　　보이지 않는가?
　　점점 더 밝게
　　빛나며,
　　별빛에 감싸여
　　높이 떠오르는 그의 모습이
　　[…]
　　느껴지지 않는가 보이지 않는가?
　　나에게만 들리는가 이 선율이,
　　경이롭게 그윽하게,
　　기쁨의 탄식으로,
　　무한한 언어로,
　　부드럽게 달래며
　　그로부터 흘러나와,
　　나에게로 스며들어,

서서히 차오르며,

사랑스러운 울림으로

나를 휘감고 퍼져나가는 이 선율이?

점점 더 맑게 울려 퍼지며

나를 감싸는 ―

이것은 파동인가

감미로운 바람인가?

넘실대는 파도인가

환희의 향기인가?

 바그너, <트리스탄과 이졸데> 중에서 <사랑의 죽음>
안나 네트렙코 노래

사랑의 승화, 결국은 죽음인가. 사랑은 시차를 두고 죽도록 사랑하는 사람들을 죽인다. 그 사랑의 이름은 그리움이다. 강렬한 사랑일수록 그리움은 힘겹다. 죽을 만큼 힘들어 죽은 연인을 쫓아간다. 이졸데처럼, 줄리엣과 로미오도 앞다퉈 죽음을 따르고, 콰지모도도 에스메랄다를 따라 죽는다. 다시 하나가 되기 위해 연인은 함께 죽는다. 죽음으로 건너간다. 헤어져 있는 것은 사는 것이 아니라서.

연인들은 서로가 없이는 살 수도 죽을 수도 없었다. 헤어져 있는 것은 삶도 죽음도 아니었고, 동시에 삶이자 죽음이었다.

XV. 하얀 손의 이졸데.

죽지 못한 연인은 떠돈다. 그렇게, 삶과 죽음의 경계를, 오르페우스는 떠돈다. 오르페우스의 영혼과 함께 사랑의 시인들, 사랑하는 연인들도 한없이 떠돈다.

아벨라르와 엘로이즈, 거세된 사랑

아벨라르, 엘로이즈, 『편지』

아벨라르 Pierre Abélard (1079-1142)

엘로이즈 Héloïse d'Argenteuil (1100-1164)
학식과 논리력으로 명성이 높았던 중세 신학자 아벨라르는 파리 대성당에서 강의하던 시절,
재능과 미모가 뛰어난 처녀 엘로이즈를 만나 사랑에 빠진다.
몇 년에 걸친 사랑의 파란 끝에 영영 헤어져 각자 수도의 길을 간다.
오랜 세월이 지난 후, 아벨라르가 쓴 「나의 불행한 이야기」를 엘로이즈가 읽게 되고,
이후 두 사람 사이에 오간 편지가 현재까지 전해진다.

비용 François Villon (1431-1463)
―「옛 귀부인들을 위한 발라드」 (1461)

12세기 초, 중세 프랑스, 기독교의 위세가 드높던 시절. 사랑과 결혼은 하찮은 것, 신앙과 명예만이 고귀한 것으로 여겨지던 때였다. "현자는 결혼하지 않는다." 현자 중의 현자 아벨라르는 당시 파리 대성당의 교수였다. 그는 신학과 논리학 강론으로 명성을 떨쳤다. "이 세상의 유일한 철학자"로 자처하던 그가 어느 날 엘로이즈를 만난다. 그녀의 나이 열일곱쯤, 그는 그녀보다 스무 살 더 많았다. 그는 그녀의 미모와 지성에 마음을 뺏긴다. 훗날 그는 어느 (가상의) 친구에게 보내는 편지에서 고백한다.

파리에 엘로이즈라는 처녀가 있었네. […] 그녀는 육체적으로 괜찮았고, 지식의 폭은 아주 탁월했다네. 학식의 우월성은 여성에게 아주 드문 것이라서, 그녀의 매력을 돋보이게 했지. 그래서 그녀는 온 나라에 이름이 알려졌지. 온갖 매력으로 감싸인 그녀를 보고, 나는 그녀와 관계 맺을 생각을 했고. 아주 쉽게 그럴 수 있으리라 자신했네. 나는 그만큼 명성이 있었고, 우아한 정기와 매력을 지니고 있어서, 나의 사랑으로 영광스럽게 할 여인이 누구든, 거절을 두려워할 이유가 없었으니까. 또한 그 처녀가 교육을 받았고 교육을 좋아하는 만큼 나의 욕망에 굴복하리라는 것을 확신했네. 가까이 지내지 못하더라도, 서신을 통해서 서로에게 현존할 수 있겠지. 펜은 입보다 대담하니까. 그렇게 감미로운 담화가 지속될 수 있으리라 생각했네.

「나의 불행한 이야기」.

엘로이즈의 삼촌이자 후견인은 아벨라르의 "고결한 명성"을 믿고 그에게 전적으로 그녀의 교육을 맡긴다. 아벨라르의 확신대로 그녀는 사랑의 영광을 받아들인다. 그의 예상보다 더 밀접하게 두 사람은 소통한다. 교육을 빌미로 한방에 앉아 학문과 사랑을 나누고 서로의 육체와 영혼을 공유한다. 둘 다 사랑의 경험이 없었던 만큼 열정은 걷잡을 수 없이 타오른다.

『아벨라르 작품집』에 실린 아벨라르의 모습

책은 펼쳐져 있었지만, 수업에서 철학보다는 사랑의 이야기가 더 많았고, 설명보다 입맞춤이 더 많았네. 내 손길은 우리의 책보다 그녀의 가슴으로 더 자주 갔고, 우리의 눈은 책을 읽기보다 서로를 사랑으로 바라보기 바빴네. [⋯] 열렬하게 우리는 사랑의 모든 단계를 가로질렀지. 열정이 정교하게 상상할 수 있는 모든 것을 우리는 남김없이 맛보았네. 그 기쁨이 새로울수록 우리는 더 열광적으로 지속했지. 우리는 지칠 줄 모르고 빠져들었네.

사랑은 한순간에 불태운다. 육체를, 정신을, 명예를. 애정은 분별을 넘어선다. 고결했던 신학자와 순결했던 규수는 욕정에 빠져 경각심을 잃는다. 그들의 관계는 차츰 세상에 알려진다. 사람들이 그들을 갈라놓는다. "그러나 육신의 분리는 마음의 결속을 강화할 뿐이었다." 아벨라르는 아기를 가진 엘로이즈를 몰래 고향으로 데려간다. 그녀가 아들을 낳은 후, 그는 그녀의 삼촌을 찾아가 속죄하고 비밀을 조건으로 그녀와 결혼한다. 그의 명예가 손상되지 않도록 하기 위한 조건이었다. 그녀도 그 때문에 결혼을 극구 반대하지만 결국 그의 뜻을 따른다. 그녀는 다가올 불행을 예감한다. "우리 둘 다 파멸할 것이고, 우리의 사랑만큼 큰 슬픔이 닥칠 것입니다." 마지못해 결혼을 승낙한 삼촌의 앙심은 사그라지지 않는다. 그는 사람들을 시켜 아벨라르를 거세한다. 그는 수도사가 되고 그녀는 수녀가 된다. 더 이상 보이지 않는 그를 그녀는 무한히 사랑한다.

아벨라르가 자신의 불행을 이야기하는 편지를 쓴 것은 사건이 있은 지 십칠 년 정도 지난 시점이다. 그 편지는 "우연히" 엘로이즈의 손에 들어간다. 온갖 감정이 그녀를 뒤흔든다. 그의 마음에 응하고 그의 뜻대로 결혼하고 그의 지시로 수녀원으로 들어간 그녀. 온 마음과 몸을 바친 사랑을 이제 와서 죄와 불명예로 돌리고 불행한 사건을 정당한 심판이라 여기는 그의 글을 보고, 그녀는 절망한다.

죄지은 내 신체의 부분을 처단한 신의 심판은 얼마나 정당했던가.

그녀는 편지를 쓴다. 불행을 위로하는 마음과 위로를 구하는 마음이 교차한다. 여전히 애정이 넘치지만, 격정과 원망을 숨기지 못한다.

가슴을 에는 나의 애통함은 더 강한 위안을 요구합니다. 다른 사람이 아니라, 그저 당신, 내 고통의 유일한 주체인 당신만이 위안자가 될 수 있습니다. 내 슬픔의 유일한 대상인 당신만이 내게 기쁨을 되돌려주거나 약간의 위로를 줄 수 있습니다. 이 절박한 의무는 당신만의 것입니다. 나는 당신의 모든 의사를 맹목적으로 수행해왔기 때문입니다. 당신에게는 아무 저항도 못 하면서, 나는 용감하게도, 말 한마디에, 나 자신을 버렸습니다. [⋯] 당신의 명령에 따라, 나는 다른 옷을 입고, 다른 마음을 먹었습니다. 당신이 내 몸과 내 마음의 유일한 주인이라는 것을 당신에게 보여주기 위해서였습니다.
　[⋯]
　하나만 말해주세요, 하실 수 있다면, 당신 혼자 결정한 나의 은거 이후,

왜 나를 버려뒀는지, 나를 잊었는지, 왜 내가 당신 말을 듣고 용기를 담금 질하거나, 당신 글을 읽고 당신의 부재를 달랠 수 있게 하지 않았는지요. 말해주세요, 다시 한번 말하지만, 하실 수 있다면, 아니면 내가, 내가 생각 하는 것을, 그리고 사람들 입에 오르내리는 것을 말할까요. 당신이 내게 애착한 것은 애정보다 욕정 때문이고, 그것은 사랑이라기보다 관능의 열 정이었지요. 바로 그래서 당신의 욕망이 꺼지자, 고취된 모든 감정의 표 현도 한꺼번에 사라져버린 건가요. 이 가정은, 내 사랑이여, 나의 것이 아 니라 여러 사람의 것입니다. 개인적 의견이 아니라 보편적 생각이고, 특 별한 감정이 아니라 모두의 생각입니다.

[…]

아! 기억해보세요, 제발, 내가 한 일을, 그리고 당신이 내게 해야 할 의 무를 생각해보세요. 내가 당신과 육체의 기쁨을 맛보던 동안에는, 내가 좇던 것이 사랑의 목소리인지 쾌락의 목소리인지 알 수 없었을 수도 있겠 지요. 이제는 내가, 애초부터, 어떤 감정을 따랐는지 알 수 있지요. 당신의 뜻에 응하기 위해, 나는 모든 기쁨을 스스로 금하기에 이르렀습니다. 나 자신에게 남겨진 것은 아무것도 없고, 그저 온전히 당신의 것이 되는 권 리밖에 없습니다.

「엘로이즈가 아벨라르에게 보낸 첫 번째 편지」.

아벨라르가 답한다. 그의 답은 담담하다. 냉담하기까지 하다. 여자 로서, 수녀로서, 해야 할 속죄와 감사의 기도에 대해 설교한다. 그리 고 특별히 "너무나 큰 시련을 겪고 있는" 자신을 위해 기도해 달라고 부탁한다.

편지가 오간다. 엘로이즈는 반항한다. 운명을 탓하고 신을 원망하며 되묻는다. 아벨라르의 지독한 불행이 "정당한 심판"이라면, 그녀는 "그토록 큰 죄의 원인"이란 말인가. 그의 몸에 가해진 "단 한 번의 상해가 욕망의 자극을 가라앉히고 영혼의 모든 상처를 치유"했다는 것이 사실인가. 반대로 그녀는 "기쁨에 타오르던 젊음의 불꽃"의 환상에서 아직도 벗어날 수 없는데, 기도가 무슨 소용인가. 기도와 배려는 오히려 그가 그녀를 위해 해야 한다. 왜냐하면 그녀의 영혼은 여전히 사랑의 "착란"에 사로잡혀 있으니까. "나의 정욕은 더 이상 당

아벨라르와 엘로이즈, 『장미 이야기』 원고에 실린 삽화

신에게서 구제책을 찾을 수 없으니까."

아벨라르의 답은 여전히 이성적이다. 그는 그녀의 비난과 원망을 조목조목 반박하고, 준엄하게 타이른다. 원망을 거두고, 회개하고 찬양하라. "당신의 몸과 마음을 쇠진시키는 그 쓰라린 감정들, 위험한 감정들"을 잊어라. "이성의 목소리"를 따르라. 신의 심판은 "정당하고 유익"했다. "우리의 음란함", "예전 우리의 타락한 행위와 수치스러운 난잡함"을 처벌한 신의 자비를 감사하라. "그처럼 큰 죄들을 벌함에 있어 하나의 상처, 한순간의 고통으로 충분하다고 생각하는가." 아벨라르의 훈계는 끝이 없다. 여심을 아는지 모르는지, 무심하기 그지없다. 그는 자신의 "신체에 가해진 징벌"의 정당함을 되뇌며 그녀에게 말한다.

> 나는 주님께 감사하오, 당신에게 벌을 면제해주고 영광의 길을 마련해주셨으니.

편지를 읽는 엘로이즈의 마음이 어땠을까. 삶을 바쳐 그를 사랑했는데 그 사랑이 애욕과 죄악일 뿐이라니. 그를 위해 버린 귀한 삶이 그저 타락한 것, 수치스러운 것이었다니. 겨우 알게 된 삶의 "모든 기쁨"을 포기하고 슬픔과 고통 속에 잠겨 사는데 그것이 영광의 길이라니. 그녀가 수녀원에 숨어들고 결국 수녀가 된 것은 신을 위해서가 아니라 오로지 그녀의 "모든 것"인 그를 위해서였다. 그녀에게 신은 "잔혹"할 뿐이다. "무자비한 자비"의 신, "불운을 주는 행운"의 신.

매정한 아벨라르. 그가 입은 것은 은총일까, 위선의 옷일까. 참혹한 사건을 찬양으로 돌리는 것이 그렇게 쉬웠을까. 그러나 그에게 신앙 외에 다른 방도가 있었을까. 그는 말한다. "나는 육체의 훼손보다 명예의 오점이 더 한탄스럽다." 몸보다 이름이 중요하다는 말은 논리적 수사에 지나지 않는다. 신체의 손상으로 더 이상 사랑의 기쁨은 있을 수 없다. 욕망의 고통만 있을 뿐이다. 육체의 나눔 없는 사랑은 기껏해야 찬미 혹은 수양이다. 그것은 신성한 믿음보다 못하다. 욕망과 죄의식까지 동반하니 더 말할 것도 없다. 이제 "신앙에 대한 애착" 밖에 길이 없다. 아벨라르는 스스로의 삶을 죄악으로 규정한다. 죄악이 설정되어야 구원의 길이 열린다.

그녀가 말하는 "구제책"을 줄 수는 없지만, 그는 그녀에게 구원을 전한다. 기도문과 교도의 편지를 보낸다. 그는 죽을 때까지 잊지 않

프랑스 파리의 페르 라셰즈 공동묘지에 있는 〈아벨라르와 엘로이즈의 석상〉

고 그녀와 그녀의 수도원을 돌본다. 첫 편지를 보낼 때까지 그가 오랫동안 침묵했던 것이 그녀의 "지혜로움을 언제나 절대적으로 믿었기" 때문이라는 그의 말은 분명 진실일 것이다. 어떻게 잊을 수 있을까.

지혜로운 엘로이즈는 결국 그의 마음을 이해한다. 어쩌면 원망과 비난의 편지를 보내기 전에 이미 다 알았을 것이다. 이후 그녀는 표현을 자제한다. "넘치는 마음"을 누른다. 마음을 옮기는 말을 억제하지 못할 때는 "손이 글 쓰는 것을 금하리라" 다짐한다. 편지는 계속 오간다. 사랑과 원망의 어조는 사라지고 기도하는 마음만 나누어진다.

편지 교환이 시작된 지 십여 년 후 아벨라르는 세상을 떠난다. 그의 시신은 엘로이즈에게 인도되어 그녀의 손으로 묻힌다. 그녀는 이십여 년 후 그의 곁에 묻힌다. 그들은 수백 년 후 파리 페르 라셰즈 공동묘지로 함께 이장된다. 그들의 묘지에는 두 개의 석상이 기도하는 모습으로 나란히 누워 있다. 두 연인이 사랑을 나눈 시간은 채 일 년이 되지 않는다. 질식한 두 영혼의 사랑 이야기는 천년을 떠돈다.

아주 지혜로운 엘로이즈는 어디에 있나?
그녀로 인해 거세되고 수도사가 된
생드니 수도원의 피에르 아벨라르,
그는 사랑으로 인해 손상을 겪어야 했다.
[…]

그 옛날 내리던 눈은 어디에 있는가?

비용,「옛 귀부인들을 위한 발라드」.

장검과 단검

발자크, 『사라진느』

발자크 Honoré de Balzac (1799-1850)

30세에 첫 소설 발표 후 20년 만에 초인적 창작력으로 90편의 장편과 중편,
30편의 단편 등을 써냈고, 그 소설들을 묶어 대혁명 이후
19세기 전반의 프랑스 사회 전체를 조망하는 대작 『인간 희극』의 완성을 꿈꾸었다.
— 『사라진느』 (1830)

Maxime Dastugue, 1886

『사라진느』의 작가, 발자크의 초상화

『사라진느』(Sarrasine)는 이야기 속의 이야기다. 속 이야기는 액자 속 그림처럼 색채가 풍부하다. 명암도 뚜렷하다. 줄거리는 단순하다. 사라진느는 스물두 살의 프랑스 조각가다. 그는 재능을 꽃피우기 위해 이탈리아 로마로 유학을 떠난다. 미켈란젤로의 나라에서 뛰어난 예술품들을 보며 "그의 열렬한 상상력은 불타오른다".

어느 날 저녁 그는 오페라 공연에 갔다가 프리마돈나 잠비넬라 (Zambinella)의 매력에 사로잡힌다. 그녀는 그가 찾던 "이상적인 아름다움의 완성" 그 자체였다. "그것은 여인 이상이었다, 걸작이었다!"

그는 피그말리온의 조각상이 환생이라도 한 듯한 그녀에게 온 마음을 쏟는다. 당장 무대에 뛰어올라 납치라도 하고 싶을 정도로 "광기" 어린 욕망을 느낀다. "그녀에게 사랑받거나, 아니면 죽거나다." 그는 칸막이 좌석 정기권을 구입해 매일 오페라를 보러 간다. 작업실에서는 그녀의 조각상을 빚는다. 그녀와 배우들도 열광적인 시선으로 바라보는 그의 존재를 눈치챘다. 그는 그들의 밤 연회에 초대된다. 누군가 추기경 치코냐라(Cicognara)가 그녀의 후원자라며 위험을 경고한다. 그는 아랑곳하지 않는다. 배우들의 연회에서 그는 그녀에게 찬사를 보내며 유혹한다.

『사라진느』에 수록된 삽화

그녀는 그의 유혹에 응할 듯 말 듯 모호한 태도를 보인다. 과도하게 연약하고 예민한 그녀, 그를 내치지도 받아들이지도 않고, 짓궂게 그를 건드리면서 또 저지하는 그녀의 태도는 그의 욕망을 더욱 자극한다. 그는 격렬해진다. 그가 덤벼들자 그녀는 지니고 있던 단검을 꺼내 든다. 단검을 지닌 여자… 그녀는 그를 사랑할 수 없다고, 사랑할 마음이 없다고, 아예 "마음이 없다"고 말하지만, 그는 귀 기울이지 않는다. 두 사람은 숲속을 걸으며 이야기를 나누기도 하지만 어긋난 대화만 이어진다. 갑자기 뱀이 나타나 그녀가 놀라자 그가 짓밟아 죽이는 장면도 있다. 무슨 의미일까? 그가 다가갈수록 그녀는 물러선다. 결국 그는 그녀를 납치하기로 마음먹는다. 그는 모든 준비를 마치고, 대사관에 초대받아 노래하고 있는 그녀에게로 간다. 남장하고 칼을 찬 모습의 잠비넬라를 보며 그는 옆에 있는 귀족에게 묻는다. 그녀가 저런 차림으로 노래하는 것은 여기 있는 추기경들, 주교들과 신부들을 고려해서겠지요? — 그녀! 그녀가 누구요? — 잠비넬라 말입니다. — 잠비넬라? 당신 어디서 왔소? 로마의 극장 무대에 언제 여자가 오른 적이 있소? 교황의 나라에서 어떤 종류의 인간들이 여자 역할을 하는지 모르오? — 잠비넬라는 거세된 남자 가수다. 카스트라토. 사라진느의 시선이 불을 뿜는다. 그 시선에 그녀가 주저앉는다. 치코나라 추기경이 멀리서 시선의 주인공을 알아낸다. 사라진느는 노래를 마치고 나오는 그녀를 기다렸다가 입을 막고 마차에 실어 그의 작업실로 데려온다. 이제 이야기의 마지막 장면이다. 글에 많은 말없음표, 줄임표, 생략이 나타난다. 화려하고 거침없는 필치가 잠깐씩 머뭇거리는 곳에 침묵의 부피가, 의미의 울림이 생겨난다.

잠비넬라는 사라진느에게 납치되어, 곧 어둡고 빈 작업실로 옮겨졌다. 그 남자 가수는 초주검이 되어, 의자에 가만히 앉은 채로, 고개를 들어 여자의 조각상을 바라볼 엄두도 못 내고 있었다. 그 조각상에서 그는 자신의 모습을 알아보았다. 그는 한마디 말도 못 하고, 턱을 떠는 소리만 내고 있었다. 사라진느는 큰 걸음으로 서성거렸다. 갑자기 그는 잠비넬라 앞에 멈춰섰다.

- 진실을 말해봐.

그는 잠기고 쉰 목소리로 물었다.

- 너 여자지? 치코냐라 추기경이…

잠비넬라는 무릎을 꿇고, 대답 대신 고개를 숙였다.

- 아! 너는 여자야.

예술가가 미친 듯 소리쳤다.

- 왜냐하면 아무리…

그는 말을 잇지 못했다.

- 아니야.

그는 다시 말했다.

- 이렇게 비열할 수는 없으니까.

줄임표가 많아지기 전에 미리 말을 푸는 것이 낫겠다. 물론 작가가 말할 수 없는 것을 누구도 다 말할 수는 없다. 에두르는 수밖에 없다. 생략된 말은 무엇일까. 이야기의 열쇠어, 남자다. 치코냐라 추기경이 (남자를)… 남자가 남자를… 남자 가톨릭 성직자가 남자를… 두 번째 줄임표로 넘어가는 것이 좋겠다. 아무리 (남자라도) 혹은 (아무래도) (남자라면)… 원문인 프랑스어에는 없고 우리말에는 있는 조사를 신경 써야 빈 문장이 채워진다. 체언만 생각하면 그리 어렵지 않다. 이제, 사라진느는 무슨 말을 더 할 수 있을까. 무엇을 할 수 있을까. 이 남자에게… 말문이 막힌 그에게 그 남자가 소리친다.

　- 아! 날 죽이지 마세요!
　잠비넬라가 눈물을 쏟으며 소리쳤다.
　- 그저 장난치려는 내 동료들의 기분을 맞추느라 당신을 속이는 데 동조했을 뿐이에요.
　- 장난!
　지옥의 섬광이 번뜩이는 목소리로 조각가가 대꾸했다.
　- 장난, 장난! 네가 감히 남자의 정열을 가지고 놀았다고, 네가?
　- 오! 제발!
　잠비넬라가 답했다.

　다시 남자다. 남자의 열정. "남자가 사랑할 때…" 옛 노래가 흐른다. 남자는 온 마음을 바친다고 비장하게 외쳐 부르는 목소리. 사라진느는 비장하다. 비장하게 다그친다. 네가? 감히 장난을 친 잠비넬라는 가련하기 그지없다. 살려달라고 눈물로 애원한다. "눈물을 쏟으며"의 원어 그대로의 표현은 "눈물로 녹아내리며(fondant en larme)"다. 상상력의 세계에서 물은 여성적인 실체다. 바슐라르의 해석이다. 사라진느의 비장한 목소리가 그 여성성을 부정한다. 네가? 여자도 아닌 네가? 여자도 남자도 아닌 네가? 사라진느의 외침이 잠비넬라의 존재를 ─ 뱀을 짓밟듯 ─ 모멸한다.

─ 너를 죽여야겠지만!

격렬한 동작으로 칼을 뽑아 들고 사라진느가 소리쳤다. 그렇지만, 그는 차가운 경멸조로 말을 이었다.

─ 이 칼날로 너의 존재를 쑤셔댄다고 해서, 내 감정의 불을 끄고, 복수심을 만족시킬 수 있겠는가? 너는 아무것도 아니다. 남자나 여자라면, 너를 죽이겠지만! 그렇지만…

칼에 관한 표현이 강하다. "쑤시다"로 번역한 단어(fouiller)의 뜻은 파다, 파고들다, 헤집다, 뒤지다 등이다. 그저 "너"가 아니라 "너의 존재"라는 표현도 예사롭지 않아 눈길을 끈다. 칼로 찌르는 것이 불붙은 감정의 만족과 무슨 관계가 있을까? 칼과 남성의 등식은 분명하다. 개별적인 남성 고유의 칼이다. 칼이 찌르는 대상을 구별하는 것만 봐도 그렇다. "남자나 여자라면" 찌르겠지만… 남성이 여성을, 남성이 남성도, 찌를 수 있지만, "아무것"도 아닌 무성은 찌를 수 없다…

사라진느는 혐오의 몸짓으로 어쩔 수 없이 고개를 돌리다가, 조각상을 바라보았다.

─ 저것이 환상이라니!

그는 소리쳤다.

그러더니 잠비넬라에게로 몸을 돌렸다.

- 여자의 마음은 나에게 안식처요, 모국이었다. 너를 닮은 여동생들이라도 있는가? 없지. 그럼 죽어라! 아니, 넌 살아야 해. 너의 목숨을 살려두는 것이 죽음보다도 못한 것에 너를 바치는 것 아니겠는가? 내가 안타까워하는 것은 내 피도, 내 삶도 아니다. 바로 미래와 내 마음의 운명이다. 너의 나약한 손이 내 행복을 뒤집어버렸다. 너로 인해 빛이 바랜 여자들에 대한 어떤 희망을 너로부터 앗아낼 수 있을까? 너는 나를 너에게까지 깎아내렸다. 사랑하는 것, 사랑받는 것은! 이제부터 나에게는, 너에게 그렇듯, 의미가 없는 말이다. 실제 여자를 보면서도 나는 끊임없이 저 상상의 여자를 생각할 것이다.

그는 절망의 몸짓으로 조각상을 가리켰다.

- 나는 항상 기억 속에서 하늘을 떠도는 하르피아가 날아들어 내 모든 남성적 감정에 제 발톱을 박고, 다른 모든 여자들에게 불완전의 낙인을 찍는 것을 보게 될 것이다! 괴물! 아무것에도 삶을 줄 수 없는 네가, 내게서 모든 여자들의 대지를 앗아가 버렸다.

"너를 닮은 여동생들이라도"? 없다면 "죽어라"? 작가의 유머가 스며든 걸까. 사라진느의 애처로움일까. "깎아내렸다"로 번역된 단어는 깎다, 삼키다, 타락시키다 등의 의미를 내포한다. 너는 나를 깎았다, 너는 나를 삼켰다, 어느 것이든 거세의 의미를 담으려 다소 생경한 표현을 쓴 듯하다. 사랑하고 사랑받는 능동 수동의 표현도 남성과 여성의 대비 혹은 조합을 환기한다. 주고받는 사랑은 이제, "너"에게나 "나"에게나, "의미가 없는 말"이다. 고유한 생식 기능을 상실한 인간, 삶도 사랑도 주지도 받지도 못하는 대상을 사랑한 주체도 사랑의 고유 기능을 박탈당했다. 거세된 자가 거세하는 자가 되는 역설이다. 여자도 남자도 아닌 "괴물"을 "이상적인 아름다움"으로 인식한 이상, 세상 여자들의 아름다움은 모두 불완전한 것일 수밖에 없다. 신화에 나오는 괴물 새, 여자의 얼굴에 날카로운 발톱을 가진 하르피아는 강렬한 거세의 공포를 형상화한다.

영화 〈파리넬리〉(Farinelli)의 주제곡(OST) 〈울게 하소서〉(Laschia ch'io pianga)를 들어본 적 있는가. 노래의 비장한 아름다움은 전율을 일으킨다. 그 완벽한 아름다움이 남성 카운터테너와 여성 소프라노의 컴퓨터 합성이라는 것을 알면 소름이 돋는다. 무의식에 새겨진

1995년에 개봉한 영화 〈파리넬리〉의 포스터

거세의 두려움일까.

고유의 성, 존재의 정체성을 앗긴 사라진느. 이제, 그도 운다. 혼자, 눈물을 흘린다. 불덩이 같은 눈물이다.

사라진느는 겁에 질린 가수의 정면에 주저앉았다. 두 줄기 굵은 눈물이 그의 마른 눈으로부터 솟아나, 남자의 뺨을 타고 흘러내려 바닥에 떨어졌다. 두 줄기 분노의 눈물, 쓰라린 눈물, 불타는 눈물이었다.

– 이제 사랑은 없다! 나는 모든 즐거움, 모든 인간의 감정에 무감각한 죽은 몸이다.

그렇게 말하고서 그는 망치를 집어 조각상을 향해 던졌다. 너무 세차게 던져서 그것을 맞추지 못했지만, 그는 그 광기의 기념물을 파괴한 줄 알았다. 그러더니 그는 칼을 다시 잡고 휘두르며 가수를 죽이려 했다. 잠비넬라는 날카로운 비명을 질렀다.

"남자의 뺨"이라고 번역된 부분의 정확한 원문은 다소 생리적 표현인 "그의 수컷의(mâles) 뺨"이다. 작가는 거듭 성적 문맥을 일깨운다. 두 줄기 굵은 눈물, 뜨겁게 솟는 눈물은 남성의 사출이다. "수컷" 사라진느는 혼자 자신을 위로한다. 상당히 물질적인 의미다. 분노와 자위와 욕구불만과 수치의 눈물. 눈물을 흘리고, 다시 칼을 잡고 휘두르지만, 그는 상대를 찌르지 못한다. 잠비넬라의 날카로운 외침 때문에… "날카로운"의 원어 동사형(percer)은 뚫다, 찌르다 등의 의미를 나타낸다. 여리지만, 잠비넬라도 칼이 있다는 뜻이다.

그 순간 세 명의 남자가 들어왔고, 갑자기 조각가는 세 개의 비수에 찔려 쓰러졌다.

– 치코냐라 추기경이 보냈다.

그들 중 하나가 말했다.

– 기독교인다운 선행이군.

프랑스인이 숨을 거두며 답했다.

긴 칼을 휘두르기만 하던 사라진느는 비수에 쓰러진다. 추기경이 대신 보낸 것은 단검이다. 푹 찌를 수 있는 긴 칼이 아니다. 기능이 퇴화된 칼, 성직자의 칼의 갈음이다. 사라진느의 마지막 말은 프랑스인답게 뉘앙스가 풍부하다. 기독교인답지 않은 악행이다… 또는 자비로운 기독교인답게 죽여줘서 고맙다… 또는 기독교 성직자로서할 짓인가, 사람 죽이는 것이… 또는 남성을 찌르는 것이… 말이 침묵하면 침묵이 말을 한다.

나는 사랑을 사랑한다. 그 감미로움과 그 잔인함을 사랑한다.
데스노스, 「아니, 사랑은 죽지 않았다」

사랑받기를 바라는가 그럼 사랑하지 마라.
아폴리네르, 「하늘은 별빛 가득」

4

시인의 사랑

죽음을 넘어선 사랑

포, 「애너벨 리」

포 Edgar Allan Poe (1809-1849)

미국 낭만주의 작가이며 시인, 소설가, 비평가.
두 살에 부모를 잃고 입양아로 살다가 대학 때 노름과 술에 빠져 평생 빚과 가난에 시달렸다.
스물여섯 살에 열세 살 소녀인 사촌 누이 버지니아와 결혼했지만
그녀는 스물넷 나이에 폐결핵으로 죽는다.
추리소설의 창시자이자 열정적인 시인이었던 포의 시와 시론은
프랑스의 대표 시인 보들레르에게 큰 영향을 미쳤다.
—「애너벨 리」(1849)

©John Sartain

「애너벨 리」가 최초로 수록된 『Sartain's Union Magazine』의 1850년 1월호 표지

「애너벨 리」는 포의 마지막 시다. 그는 아내가 죽은 다음다음 해이 시를 썼다. 그 자신 죽기 몇 달 전이었다. 그의 고통과 외로움은 극심했다. 그는 몇몇 알고 있던 여인들에게 구애의 손길을 뻗기도 했다. 그 여인들은 훗날 「애너벨 리」의 모델이었다고 내세운다. 미국 남부의 항구 도시 찰스턴의 전설 속 소녀(Anna Ravenel)가 소환되기도 한다. 누구든 무엇이든 작가에게 영감을 줄 수 있다. 예술은 실물에서 영혼을 찾는 작업이다. 시는 존재의 본질을 포착한다. 「애너벨리」에 투사된 것은 시인이 오랫동안 품은 아내 버지니아의 영혼이다. 세상과 동떨어져 삶과 죽음의 고통과 사랑의 기쁨과 슬픔을 함께했던 그의 영원히 어린 신부다.

아주 아주 오래전,

　　　어느 바닷가 왕국에,

한 소녀가 살았다. 당신도 알지 모를

　　　그녀 이름은 애너벨 리. ―

그 소녀가 살면서 품은 생각은

　　　내 곁에서 사랑하고 사랑받는 것뿐.

나는 아이였고 그녀도 아이였다,

　　　그 바닷가 왕국에서.

그러나 우리는 사랑보다 더한 사랑으로 사랑했다 ―

　　　나와 나의 애너벨 리는 ―

그 사랑을 날개 달린 하늘의 천사들이

　　　그녀와 나에게서 탐냈다.

그 때문에, 오래전에,

　　　그 바닷가 왕국에,

바람이 구름으로부터 불어와, 차갑게

　　　나의 아름다운 애너벨 리를 식혔다.

그리고 그녀의 지체 높은 친척이 내려와

　　　그녀를 나로부터 멀리 데려가서,

어느 무덤에 가두었다,

　　　그 바닷가 왕국에.

천사들은, 하늘에서 그보다 반도 행복하지 않아서,

　　　　그녀와 나를 질투해댔다 —

그렇다! — 그 때문에 (모든 사람이 알고 있듯이,

　　　　그 바닷가 왕국에서는)

바람이 구름으로부터 밤을 타고 내려와,

　　　　나의 애너벨 리를 차갑게 죽였다.

그러나 우리의 사랑은 더 강했다, 그 어떤 사랑보다 훨씬 더,

　　　　우리보다 나이 든 그 누구보다 더 —

　　　　우리보다 훨씬 지혜로운 많은 사람보다 더 —

저 위 하늘의 천사들도,

　　　　저 바다 밑 악마들도,

결코 나의 영혼을 분리할 수 없다,

　　　　나의 아름다운 애너벨 리의 영혼으로부터. —

달빛은 언제나, 내게 꿈을 실어 오니까,

　　　　나의 아름다운 애너벨 리의 꿈을.

떠오르는 별들도 언제나, 내게 그 밝은 눈빛을 보여주니까,

　　　　나의 아름다운 애너벨 리의 눈빛을. —

그렇게, 온밤이 흐르도록, 나는 그녀 곁에 몸을 누인다,

나의 사랑 — 나의 사람 — 나의 삶 나의 신부 곁에,

　　　　그녀의 무덤 그곳 바닷가에 —

　　　　그녀의 묘지 그 물소리 울리는 바닷가에.

It was many and many a year ago,

　　　In a kingdom by the sea,

That a maiden there lived whom you may know

　　　By the name of Annabel Lee ; —

And this maiden she lived with no other thought

　　　Than to love and be loved by me.

I was a child and she was a child,

　　　In this kingdom by the sea ;

But we loved with a love that was more than love —

　　　I and my Annabel Lee —

With a love that the winged seraphs in Heaven

　　　Coveted her and me.

And this was the reason that, long ago,

　　　In this kingdom by the sea,

A wind blew out of a cloud, chilling

　　　My beautiful Annabel Lee ;

So that her high-born kinsmen came

　　　And bore her away from me,

To shut her up in a sepulchre,

　　　In this kingdom by the sea.

The angels, not half so happy in Heaven,

Went envying her and me —
Yes! — that was the reason (as all men know,
In this kingdom by the sea)
That the wind came out of the cloud by night,
Chilling and killing my Annabel Lee.

But our love it was stronger by far than the love
Of those who were older than we —
Of many far wiser than we —
And neither the angels in Heaven above,
Nor the demons down under the sea,
Can ever dissever my soul from the soul
Of the beautiful Annabel Lee : —

For the moon never beams, without bringing me dreams
Of the beautiful Annabel Lee ;
And the stars never rise, but I feel the bright eyes
Of the beautiful Annabel Lee : —
And so, all the night-tide, I lie down by the side
Of my darling — my darling — my life and my bride,
In her sepulchre there by the sea —
In her tomb by the sounding sea.

19세기 미국의 작가이자 시인, 소설가인 포

"아름다운 애너벨 리". 무엇보다 아름다운 것은 소녀의 이름이다. 시 속에서, 멀리서 가까이서, 들리는 그 이름만으로도 영혼의 울림이 느껴진다. 그 울림은 반복된 단어들의 반향에서 비롯된다. "아름다운 애너벨 리"는 "바닷가 왕국" 속에 — 님프 에코처럼 — 소리로 살아 있다. "애너벨"이라는 이름은 어원적으로 이미 아름답다. 라틴 어원 (amabilis)의 뜻은 사랑스러움이다. 조합된 단어로 간주하면 우아함 (anna)과 아름다움(bel)이라는 어원적 의미의 합이다. "아름다운 애너벨"은 그 자체로 보석 같은 언어의 결정체다.

　애너벨의 존재는 시간을 벗어난다. 이야기의 배경은 "아주 아주 오래전", 시간을 매길 수 없는 곳이다. 공간도 의미가 없다. 그저 "어느" 곳, "바닷가", 모래성 같은 이름 모를 "어느 왕국"이다. 그녀에게 필요한 것은 사랑의 공간뿐이다. "사랑하고 사랑받는", 세상 밖, 둘만의 공간이다. "아이"의 상태는 시공간의 초월을 강조한다. 두 아이의 순수한 사랑은 일반적인 사랑의 한계도 넘어선다. "우리는 사랑보다 더한 사랑으로 사랑했다."

　경계의 부재로 인해, 천사들이 개입한다. 하늘과 바다, 지상과 천국, 천사와 인간, 지체와 소재의 구분은 사라지고, 모든 것이 소통하고 침투한다. 천사들이 두 아이의 사랑을 시샘한다. 하늘로부터 죽음의 바람이 내려와 애너벨을 땅속으로 데려간다. 그러나 하늘과 지상, 지하의 경계가 없기에, 삶과 죽음, 삶과 꿈의 경계도 없다. 그렇게 애너벨은 여전히 생생한 빛으로, "밝은 눈빛"으로 살아 있고, 두 사람은 서로 "곁에", 영원히 함께 있다.

　모든 경계가 사라진 곳에서 유일하게 작동하는 것은 언어의 테두리다. 단어와 표현들은 소리와 의미로 호응하고, 단조로운 시의 형태는 어조와 리듬의 일관성을 보장한다. 시의 통일성은 후렴처럼 반복되는 어휘들로 부각되고, 거의 규칙적인 시행의 배열은 정서적 호소력을 높인다. 그런 발라드의 특성을 통해서, 「애너벨 리」는 대중음악과 접속한다. 「애너벨 리」는 짐 리브스(Jim Reeves)의 낭송 음악(1961)에도, 존 바에즈(Joan Baez)의 애절한 음률(1967)에도, 스티비 닉스(Stevie Nicks)의 로큰롤(2011)에도 녹아든다.

<애너벨리>, 짐 리브스 노래

 <애너벨리>, 존 바에즈 노래

「애너벨 리」의 마법적 운율을 표상하는 것은 시의 마지막 단어들이다. 시는 "물소리 울리는 바다"처럼 지속적 울림을 형상화한다. 바다(sea)의 모음(/i/)은 의미 강한 다른 주요 각운들인 그녀(Lee)와 나(me)와 우리(we)와 함께 소리의 파도를 형성한다. 그 공명 속에서 모든 단어가 그녀를 부른다. 그녀의 이름 "리"의 자음(L)은 시인이 선호하는 여성 이름의 구성 요소다. "나의 미소 짓는 신부가 된 어린 율랄리"(Eulalie, 「율랄리」), "잃어버린 울랄름"(Ulalume, 「울랄름」), "잃어버린 레노어"(Lenore, 「까마귀」), "그토록 젊어서 죽은" 레노어(「레노어」), 헬렌(Helen, 「헬렌에게」)… 이름을 구성하는 자음은 오직 엘(L)이거나 거의 엘, 그리고 엔(N)이다. 엘은 너무나 일찍 죽은 어머니의 이름(Elizabeth), 포가 스무 살 때 죽은 양모의 이름(Allen), 그리고 아내의 이름(Eliza)의 중심 글자이기도 하다. 유음 엘(L)로 구성된 이름이 덮고 있는 것은 근원적 결핍 혹은 모성적 상실 아닐까. 이름 리(Lee)의 어원에 담긴 의미들, 피난처, 보호소, 주거지(shelter)와 낮은 온도(luke-warm)는 무덤이자 모태인 어머니-대지를 환기한다. 또다시, 셰익스피어.

자연의 어머니인 대지는 자연의 묘지,

자연의 매장 묘지는 곧 자연의 모태

『로미오와 줄리엣』, II, 3.

애너벨 리가 무덤 속에서 여전히 살아 있는 또 다른 이유다. 그녀
는 대지의 품속에, 시인이 구성한 언어의 "무덤" 속에, 그리고 시의
운율이 구성하는 바닷소리 속에 숨 쉬고 있다. 말들이 빚는 환각, 음
운들이 육화하는 이미지, 그것이 「애너벨 리」의 아름다움이다. 그녀
의 아름다움, 시의 아름다움이다.

파리의 오르페우스

아폴리네르, 『알코올』, 『칼리그람』
프레베르, 「축제」

아폴리네르 Guillaume Apollinare (1880-1918)

시인, 문예 비평가, 초현실주의의 선구자.
로마에서 태어나, 이탈리아 북부, 모나코, 프랑스 남부에서 유년기 청소년기를 보낸 뒤,
파리에서 문예 활동을 하며 작가, 화가들과 교우했다.
피카소의 소개로 마리 로랑생을 만났고,
1차대전 때 입대했다가 부상당하고 제대 후 독감으로 숨졌다.
"새로운 정신"을 주창하며 시와 회화에 현대적 이념과 서정을 불어넣었다.
그의 시는 음악성과 회화성이 넘친다.
— 『알코올』 (1913) —『칼리그람』 (1918)

랭보 Arthur Rimbaud (1854-1891)

—「별은 울었다…」 (1872)

로랑생 Marie Laurencin (1883-1956)

프랑스 화가. 입체파, 다다이즘 화가들과 교류하고 이국 회화를 접하면서 독자적 화풍을 만들어갔다.
부드럽고 청아하면서 환상적인 유채화를 많이 남겼다.

프레베르 Jacques Prévert (1900-1977)

생동감 있고 단순하면서도 아름다운 시어로 세상을 노래하고 사회를 비판한 시인, 시나리오 작가.
—「축제」, 『광경』 (1951)

시집 『알코올』은 삶의 정취와 글의 도취로 그득하다. 이미지 하나 하나가 읽는 사람을 취하게 한다. 아폴리네르의 삶은 기화하는 알코올 같았다. 그의 혼은 사랑과 예술로 타올랐다. 알코올은 그에게 생명수(eau-de-vie)였다.

> 너는 이 불타는 알코올을 마치 너의 삶(vie)인 듯 마신다
> 너의 삶을 너는 마치 브랜디(eau-de-vie)인 듯 마신다
> 「지대」.

아폴리네르의 사랑은 결핍이다. 그 결핍은 태생적이다. 그는 "사춘기 소녀와 성인"이 "밤을 틈타 나눈 사랑"에서 태어났다. 태어나면서부터 아폴리네르는 아버지에게 버림받았다. 어머니는 마지못해 그를 키웠다. 많은 시간 그는 방치되어 자랐다. 어린 영혼은 떠돌았다.

> 네 아버지는 스핑크스였고 네 어머니는 밤이었다
> 「도둑」.

유폐와 유랑의 기억은 마음속에 맺혀 든다. 사랑의 갈망은 "부끄러운 병"이 된다. 그는 평생 사랑에 시달린다. 많은 여인을 사랑하고 많이 사랑받지 못한다. 그의 시는 "사랑받지 못한 남자의 노래"다. 실연의 상실감에서 피어나는 그의 노래는 눈물겹게 아름답다.

> 너는 고통스럽고 즐거운 여행을 했다

그러다 거짓과 시대를 깨달았다
너는 스무 살과 서른 살에 사랑을 잃았다
나는 미친 것처럼 살았고 내 시간을 잃었다
너는 도저히 네 손을 쳐다보지 못한다 매 순간 나는 흐느껴 울고 싶다
너에 대해 내가 사랑하는 여자에 대해 너를 질겁하게 한 모든 것에 대해
「지대」.

둘이 나누는 사랑에 능숙하지 않은 남자는 혼자 대화한다. '너'와 '나'는 무수한 자조와 자위의 목소리다. 스무 살 때의 사랑은 애니 플레이든(Annie Playden)이다. 아폴리네르가 그녀를 만난 것은 어느 독일인 가정에서 프랑스어 개인 교사를 할 때였다. 그녀는 영국인, 영어 교사였다. 두 사람은 라인란트에서 일 년 정도 함께 지낸다. 그는 그녀의 사랑을 얻지 못한다. 그맘때 쓰인 시 「오월」은 힘겨운 사랑의 흔적이다.

오월 예쁜 오월은 라인강에 배를 타고 흐르고
부인들은 산 위에서 바라보고 있었다
그대들은 너무나 예쁘지만 배는 멀어져 간다
누가 도대체 강변 버드나무들을 울게 만들었나

그때 꽃핀 과수원들은 뒤편에서 굳어가고 있었다
오월 버찌나무들의 떨어진 꽃잎들은
내가 그토록 사랑했던 여자의 손발톱

시든 꽃잎들은 그녀의 눈꺼풀 같다

강변 길 위에는 천천히
곰 원숭이 개가 집시들에게 이끌려
당나귀가 끄는 마차를 따라가고
라인란트 포도밭에는 군가 가락이
피리 소리를 타고 멀어지고 있었다

오월 예쁜 오월은 폐허를 장식했다
담쟁이 포도나무와 장미 나무들 덩굴로
라인강의 바람은 뒤흔든다 기슭의 버들가지들과
재잘대는 갈대들과 포도밭 벌거벗은 꽃들을
「오월」

배를 탄 오월과 함께 모두 흘러간다. 마음이 풍경과 겹쳐지고 현재가 미래와 과거와 뒤섞인다. 오버랩 되는 사람과 사물들. 산과 강물, 아름다움과 황폐함, 꽃핀 과수원과 폐허, 꽃과 여자, 귀부인과 집시와 동물들, 한가로움과 군가, 그리고 막연한 불안… 불안감은 아름다움의 전제다. 아름다움은 소멸한다. 화원의 미래는 폐허다. 포도밭의 이미지는 도취의 환상이 아니라 환멸의 예감이다. 아폴리네르의 구애는 몇 년 더 이어지지만, 상실감이 앞선 사랑은 성취되지 않는다.

꽃이 피어나는 계절에 아폴리네르는 낙엽처럼 흩날리는 꽃잎을 본다. 풍화되는 꽃잎들. 그가 꿈꾸는 것은 몸과 마음으로 온전히 품을 수 있는 총체적 여인이다. 그러나 그의 손에 닿는 것은 단편들, 이미지의 파편들뿐이다. 모두가 그에게 결핍을 일깨운다. 마음을 쏟은 여자든 스쳐 간 여자든 마찬가지다.

> 나는 그녀를 로즈몽드라 이름 지었다
> 기억할 수 있기를 바랐던 것이
> 네덜란드에 꽃핀 그녀의 입술이었기에
> 그러고는 천천히 나는 떠났다
> 세계의 장미를 찾기 위해
>
> 「로즈몽드」.

암스테르담에서 만난 그녀는 "어느 날 두 시간 넘게 / 내가 나의 삶을 건넨 여자"다. 이름 모를 그녀를 '나'는 "로즈몽드"라 부른다. '장미'와 '세계'의 합성어인 로즈몽드는 여성의 입술과 여체의 중심이 내포하는 환희의 세계를 암시한다. "세상의 기원", 삶과 무(無)와 무한이 맞닿은 곳이다. 로즈몽드는 무한한 장밋빛 환희의 표상이다. 그것은 근원적 결핍과 은밀한 소망이 새겨진 문장(紋章)이다.

완전한 여체의 환상을 랭보만큼 간결하고 광대하게 표현한 시인도 없다. 그는 단 4행의 시구에 여성과의 우주적 합일을 새겨놓았다.

> 별은 울었다 장밋빛으로 너의 귀 한복판에서,
> 무한은 굴렀다 하얗게 너의 목덜미에서 허리까지,

바다는 구슬졌다 다갈색으로 너의 진홍빛 젖가슴에

그리고 **남자**는 피 흘렸다 검게 너의 지고한 배에.

각행의 주어는 성의 교차 반복이다. 별과 바다는 여성, 무한과 남자/인간은 남성 명사다. 6음절로 된 각행의 전 반구는 자연과 남자의 행위, 후 반구는 행위의 바탕인 여체의 묘사다. 반구의 중심을 이루는 빛과 색은 성적 사이클을 나타낸다. 장밋빛으로 피어나 하얗게 절정에 이르고 다갈색으로 시들어지다 검은 나락으로 떨어지는 포물선이 그려진다. 눈물, 방울, 피의 이미지가 그 흐름을 구현한다. 별과 바다는 무한의 현상 혹은 표상이다. 그들과 감응하는 여자는 무한한 하늘과 바다를 배경으로 펼쳐진 그림이다. 그녀가 "지고한" 이유다. 그녀와 합쳐지는 남자, 그들과 동렬에 놓인 인간은 허무로의 추락과 동시에 무한대로 승화한다. 언어의 한계를 넘는 장미의 환상이다.

아폴리네르에게는 저런 광대한 환상이 없다. 삶을 초월하는 환상도, 무한에 대한 믿음도 없다. 신도 인간도 믿지 않는다. 태양조차 "목 잘린" 것일 뿐이다. 시적 상상 세계에서 태양은 오랫동안 아버지 신의 상징이었다. "마침내 너는 이 오래된 세상에 신물이 난다." 『알코올』의 서시 「지대」의 첫마디다. 더 이상 새로울 것도 없다. "유럽에서 유일하게" 여전히 "낡지 않은" 기독교의 가호 아래 "가장 현대적인 유럽인"은 교황이다. 시인은 헛된 "시대" 속 한정된 삶의 "지대"를 걸어간다. 그는 쉼 없이 흩어지는 시간을 목도한다. 다 풍화되고 다 흘러간다. 유일하게 그의 목을 죄는 사랑도 헛된 시간의 그림자다. "사랑

은 시간을 사라지게 하고, 시간은 사랑을 사라지게 한다." 라틴 속담
이다. 그는 사랑의 시간 속에 머물기를 바라지만 시간은 사랑을 흘려
보낸다. 미라보 다리 아래 강물처럼 사랑은 흘러간다. 「미라보 다리」,
서른 살에 앓은 사랑의 기록이다.

> 미라보 다리 아래 센강이 흐르고
> 우리의 사랑도 흐른다
> 기억해야 하는가
> 기쁨은 언제나 아픔 뒤에 왔다
>
> 밤이여 오라 종이여 울려라
> 날들은 가고 나는 남는다
>
> […]
>
> 사랑은 간다 저 달리는 물처럼
> 사랑은 간다
> 삶은 얼마나 느린가
> **희망**은 또 얼마나 격한가
>
> 밤이여 오라 종이여 울려라
> 날들은 가고 나는 남는다

마리 로랑생, 〈자화상〉, 1924

대문자로 힘주어 적은 희망은 "격한" 만큼 무기력하다. 시간의 흐름이 남기는 웅어리일 뿐이다. "남는" '나'의 존재도 그렇다. 나를 남기고 떠나는 여인은 마리 로랑생이다. 그녀의 이미지는 담채화처럼 가볍다. 그녀도 아폴리네르처럼 아버지를 모르고 자랐다. 아버지의 부재가 두 사람의 무의식에 미친 영향은 달랐다. 아폴리네르는 여성에 더 몰입했고, 마리는 이성에 대한 반감을 지우지 못했다. 5년 동안 가까이 멀리 지속된 사랑이 맺어지지 못한 근본 이유다.

시 「미라보 다리」(1912)에 대응하는 마리의 그림은 〈파시 다리〉(*Le Pont de Passy*, 1912)다. 두 다리는 파리에 있는 자유의 여신을 사이에 두고 인접해 있다. 〈파시 다리〉는 흐르는 물 위의 그림이다. 멀리 다리가 보인다. 미라보 다리 위에서 흐르는 물을 내려다보던 남자는 〈파시 다리〉에서는 배에서 노를 잡고 서 있다. 여자는 배 옆에, 물 위에 있다. 그녀는 가라앉는 듯 떠 있다. 그녀 뒤 두 개의 삼각 형상이

마리 로랑생, 〈파시 다리〉, 1912

그녀의 침잠을 붙든다. 솟구치는 삼각 형상은 두 사람의 삶과 예술의
상향적 갈망을 표상하는 듯하다. 반대편에 두 마리 동물이 있다. 말
은 기마 자세를 한 키잡이 남자처럼 굳건하다. 다른 동물은 놀란 눈
빛에, 사슴인 듯 여리고, 뒤로 기우뚱 빠져들고 있다. 그 동물의 검은
색은 여자의 옷과 같은 색이다. 남자가 잡은 두 개의 노가 각각 그 동
물의 앞발과 여자의 손에 닿아 있다. 여자의 손은 그 노를 잡는 것인
가, 아니면 그를 부르는 것일까. 그녀의 다른 손은 거부 혹은 떠남을
강하게 표현하고 있다. 그녀는 세이렌인가. 아니면 익사자인가. 역동
적인 물살 속에 마음은 표류한다. 그러나 그녀는 오필리아가 아니다.
그녀는 다른 배로 옮겨 탄다.

마리의 〈작은 배〉(Le Barque, 1920)는 아폴리네르가 죽은 후에 그
려진 그림이다. 배 안에 있는 것은 여자 둘이다. 두 사람은 가깝다. 함

께 있는 여자는 니콜(Nicole Groult)이다. 마리는 니콜에게 보내는 편지에 그렇게 밝혔다. 마리는 아폴리네르와 멀어지던 1911년에 그녀를 만났다. 두 사람은 평생 내밀한 동반자였다. 작은 배는 검은색이다. 〈파시 다리〉에서 여성이 입었던 옷과 암컷 동물과 같은 색이다. 비스듬히 앉은 듯 누운 여자의 옷도 검푸른색이다. 그녀는 이제 자기가 있을 곳, 제자리에 안온히 있다. 눈빛의 아련함, 그 어떤 결여는 소소하다. 마리는 어쩌면 맞은 편 흰색 옷을 입은 여자일 수도 있다. 어느 쪽이 마리인지 니콜인지 중요하지 않다. 둘은 서로를 반영한다. 〈파시 다리〉에서 물로 빠져들던 동물은 여기서는 배에 오르는 모양새다. 사슴인 듯 여우 같은 그 동물은 하얀색이다. 하얀 동물은 하얀 옷을 입은 여자의 분홍 장밋빛 스카프를 물려는 듯 희롱한다. 갈

마리 로랑생, 〈작은 배〉, 1920

망의 소통 같다. 하얀색 비둘기들이 평온함을 강조한다. 그래도 세상 저 먼 곳은 아니다. 교각의 아랫부분만 보이지만 다리는 가까이 있다. 두 개의 교각은 기마 자세를 연상시킨다. 교각 사이 아치는 배의 곡선과 대칭이다. 다리 위 보이지 않는 시선이 느껴진다. 무겁다. 남성의 시선, 사회의 시선이다. 다리를 등진 하얀 옷 여인의 눈빛과 검은 옷 여인의 눈빛은 또렷한 듯 흐린 듯 다른 듯 같다.

마리는 삶의 많은 부침을 겪고 많은 작품을 남긴 후 1956년 눈을 감는다. 그녀는 하얀 옷에 장미 한 송이를 들고, 가슴에는 아폴리네르의 사랑 편지들을 품고 누웠다. 그녀가 잠든 곳 가까이 아폴리네르는 38년째 묻힌 채 기다리고 있었다. 그는 이미 오래전 그녀에게 말했다.

여린 히드 줄기를 땄다
가을은 죽었다 기억하라
우리 다시는 땅 위에서 보지 못하리
시간의 향기 여린 히드 줄기
기억하라 너를 기다린다
「작별」.

여전히 아폴리네르는 파리를 떠돈다. 파리 곳곳의 구역, 거리를 혼자 걷는다. 옛것과 새것이 교차하는 세기 초의 도시, 무리 지어 살아가는 사람들, 드문드문 불행한 여자들을 신문 기사 읽듯 무심히 바라본다. 눈에 보이는 일상의 모든 것이 콜라주처럼 들어와 시의 이미지가 된다. 그 위로 무수히 지나간 시간의 이미지가 겹쳐진다. 어두운

마리 로랑생, 〈예술가들의 그룹〉, 1908, 볼티모어 미술관
정중앙의 인물이 기욤 아폴리네르, 그 뒤에 붉은 꽃을 들고 서 있는 여인이 로랑생이다. 왼쪽 구석에 작고 왜소한 사람은 피카소이며 오른쪽 구석에 있는 여인은 피카소의 연인이자 뮤즈였던 페르낭드 올리비에다.

유년기와 여러 도시를 부유하던 청년기, 그리고 잃어버린 사랑의 기억이 어둠 속 유령처럼 나타난다. 기억과 현실이 뒤섞이고 현재는 부재와 공존한다. 서시 「지대」의 풍경, 그리고 그 속에 압축된 시집 전체의 전경이다. 『알코올』의 시인은 삶보다 죽음의 기호에 더 민감하다. 그의 곁에는 죽은 사랑의 이미지가 따라다닌다.

　　내가 힘들어하는 사랑은 부끄러운 병이다
　　그리고 너를 사로잡는 이미지는 너를 불면과 고뇌 속에서 계속 살아가
　게 한다

언제나 너의 곁에는 그 이미지가 스쳐 지나간다

「지대」.

그 이미지는 더 이상 애니도 마리도 그 누구도 아니다. 반복되어
나타나는 그것은 사랑과 상실의 원형적 이미지다. 그의 사랑은 "아
름다운 불사조처럼 저녁에 죽어도 아침이면 되살아난다"(「사랑받지
못한 남자의 노래」). 그것은 먼 기억의 어둠 속에서 숨쉬는 에우리디
케의 영혼이다. 무의식 속에서 시인은 매일 밤낮으로 그녀를 찾는다.

> 태양으로 그대가 좋아하니까
> 그대를 이끌었다 잘 기억해보라
> 내 사랑하는 어둠의 아내여
> 그대는 내 것 아무것도 아니기에
> 오 나 자신을 애도하는 나의 그림자여
> 「콘스탄티노플의 술탄에게 보낸 카자흐 자포로그인들의 회신」.

여전히 아폴리네르는 파리의 거리를 걷는다. 삶은 계속되고 죽음
의 노래도 이어진다.

> 유월 너의 태양 불붙은 리라가
> 나의 아픈 손가락을 불태운다
> 슬프고 선율 아름다운 헛소리
> 나는 나의 아름다운 파리를 떠돌아다닌다

이곳에서 죽을 용기는 없다

「은하수 오 빛나는 누이여」.

1914년 여름. 죽음의 그림자가 "아름다운 파리"와 유럽을 덮는다. 전쟁이 시작되고, 죽은 사랑에 친구의 상실이 더해진다. 새로운 애도의 노래가 시작된다. 문자와 그림이 합작한 시집 『칼리그람』의 배경이다. 많은 그림 시 가운데 이맘때 시인의 영혼을 가장 잘 표현한 것은 「칼에 찔린 비둘기와 분수」다.

비둘기의 상징은 평화를 넘어서 성령에 닿는다. 『동물 우화 시집. 오르페우스의 행렬』(1911)의 「비둘기」에서 아폴리네르는 이미 말했다.

사랑이자 신령인 비둘기,

예수 그리스도를 낳았지,

당신처럼 나도 마리를 사랑해.

그녀와 나는 결혼해.

예수를 낳은 비둘기, 결혼, 그리고 마리(아)와 마리의 비유만으로도 은근한 신성모독이다. "칼에 찔린 비둘기"는 신랄하다. 전쟁의 방조 혹은 부재에 대한 원망 같다. 거기에 사랑에 대한 모독이 더해진다. 정작 칼 맞고 상처 입은 것은 '나'의 영혼이다. '나'는 그 아픔을 상대에게 돌린다. 원망과 자조가 뒤섞이고, 그리움은 절실해진다. "다정"

칼에 찔린 비둘기와 분수

형 상 들
칼에 찔린 다정한 정다운 꽃핀 입술들
미아 마레이
이에트 로리
아니 그리고 그대 마리
어디에 있나
그대들 오
젊은 여인들
그러나
가까이
분수 하나
울며 기도하는 사이
이 비둘기 황홀히 넋을 잃는다

모든 옛 추억들이 ? 어디에 있나 레날 빌리 달리즈
오 전장으로 떠난 내 친구들그들의 이름이 우울하게 울린다
창공을 향해 솟아오른다마치 교회로 들어가는 발소리처럼
그리고 그대들 시선 잔잔한 물속에서 어디에 있나 군대 간 크렘니츠는
웃 울하게 죽어간다 아마도 그들은 벌써 죽었을까
어디에 있나 브라크와 막스 자콥은속 여들로 나의 영혼은 가득 차고
여명처럼 회색빛 눈을 가진 드랭은 분수는 나의 고통 위로 눈물 흘린다

북쪽으로 전쟁하러 떠난 사람들은 지금 싸우고 있다
저녁이 내린다 오 피로 물든 바다
정원에 넘치도록 피 흘리는 장밋빛 월계수 전쟁의 꽃

La colombe poignardée et le jet d'eau

Douces figures poignardées Chères lèvres fleuries

MIA   MAREYE

YETTE   LORIE

ANNIE   et toi   MARIE

où   êtes-

vous   ô

jeunes   filles

MAIS

près d'un

jet d'eau qui

pleure et qui prie

cette colombe s'extasie

Tous les souvenirs de naguère

O mes amis partis en guerre

Jaillissent vers le firmament

Et vos regards en l'eau dormant

Meurent mélancoliquement

Où sont-ils Braque et Max Jacob

Derain aux yeux gris comme l'aube

Où sont Raynal Billy Dalize

Dont les noms se mélancolisent

Comme des pas dans une église

Où est Cremnitz qui s'engagea

Peut-être sont-ils morts déjà

De souvenirs mon âme est pleine

Le jet d'eau pleure sur ma peine

CEUX QUI SONT PARTIS A LA GUERRE AU NORD SE BATTENT MAINTENANT

Le soir tombe O sanglante mer

Jardins où saigne abondamment le laurier rose fleur guerrière

하고 "정다운" 여인들의 형상이 생생하게 살아난다. 누군지 다 몰라도 이름들의 나열만으로 감미로움이 느껴진다. 미아 마레이 이에트 로리 아니 마리⋯ 자음 /ㅁ/과 모음 /아/, /이/ 위주로 이루어진 음운은 자생적 운율을 생성한다. "아니(애니) 그리고 그대 마리". 중심은 역시 마리다. 남자들 이름의 음운 효과는 더 놀랍다. 레날 빌리 달리즈. 반복되는 자음 /ㄹ/과 모음들만 읽으면 레알 일리 알리⋯ 일리 알리 알라⋯ 마치 마법의 주문 같다. 말들의 환기 마법으로 추억과 우수는 울림을 더해간다. 성당에 울리는 발소리처럼, 허공에 퍼지는 분수처럼. 그림은 소리의 형상화다. 우울한 음악이 하늘과 영혼 속에 뿌려진다. 분수의 물줄기처럼 배열된 글들은 어떻게 읽어도 괜찮다. 아래로, 옆으로, 순차적으로 혹은 띄엄띄엄 읽어도 울림 가득하다. 내면의 대화 혹은 자문자답의 파장이다. 반복되는 의문은 어스름 슬픔으로 내려앉는다. 말들의 물줄기가 떨어지는 분수 바닥은 무겁고 어두운 핏빛 이미지로 가득하다. 월계수도 장미도 죽음의 상징일 뿐이다. 내려오는 것이 있으면 올라가는 것이 있다. 분수 저 위로 비둘기가 솟는다. 넋을 잃은 비둘기는 승화하는 영혼, 그리고 그것을 담은 이 그림 시다. 문학의 본질적 기능인 카타르시스를 한눈에 보여주는 놀라운 언어의 유희다.

그해 여름이 끝나기 전 아폴리네르도 군에 자원한다. 입대를 기다리는 몇 달 사이 그는 루이즈(루, Louise de Coligny-Châtillon)를 만난다. 이혼한 백작 부인인 그녀는 우아하고 교양을 갖춘 숙녀이자 보헤미안처럼 자유롭고 열정적인 영혼의 소유자였다. 카르멘처럼, "반

항하는 새"처럼 손에 잡히지 않던 그녀는 시인의 입대날 불같은 사랑
과 함께 날아든다. 격렬한 일주일 밤을 함께 보낸 후 그녀는 다시 날
아간다. 그는 타오르는 갈망과 함께 군영에 남고, 그녀는 그를 비우고
차츰 멀어져간다. 많은 사랑의 편지들이 오간다. 많은 시들이 편지글
과 함께 보내진다. 몇 달 사이 시집 한 권이 만들어진다.『내 사랑의
그림자. 루에게 보내는 시』. 관능적이고 절망적인 사랑의 기록이다.

　포탄이 쏟아지는 전쟁터 한가운데, 포병 시인은 허공을 보며 여전
히 사랑을 꿈꾼다. 포탄의 불꽃이 밝히는 "축제"의 몽상이다. 루에게
보낸 시들 가운데 하나인 「축제」는 전쟁 놀음과 삶, 죽음과 사랑을
한 다발로 묶는다.

　　강철의 불꽃놀이
　　참 매혹적이지 저 섬광
　　　　불꽃 담당 병사의 기교
　　용기에 은총을 조금 섞는다

　　두 발의 시한탄
　　장밋빛 폭발
　　후크가 풀리고 두 개의 가슴이
　　그 끝을 오만하게 내미는 듯
　　그는 사랑할 줄 알았다
　　　　대단한 묘비명이지

페르 라셰즈 묘지에 있는 아폴리네르의 무덤

한 시인이 숲속에서
무덤덤하게 바라본다
    안전장치 걸린 자신의 권총을
장미들은 희망으로 죽어가고

그는 사디의 장미들을 생각한다
갑자기 그의 고개가 수그러든다
장미 하나가 그에게 되뇌는 까닭에
어떤 엉덩이의 부드러운 곡선을

대기는 끔찍한 알코올로 가득 차

반쯤 감긴 별들의 빛으로 새어 든다
포탄들이 어루만지는 부드러운
밤의 향기 속에 너는 내려놓는다
　　장미들의 고행
「축제」.

　사디는『장미의 정원』을 쓴 중세 페르시아 시인이다. 19세기의 여
성 시인 데보르드-발모르가「사디의 장미」에서 "불타는" 바다를 향해
가득히 펼쳤던 장미의 꿈. 아폴리네르도 밤하늘을 보며 같은 꿈을 꾼

1645년경 굴리스탄에서 제작된 그림에 등장하는 장미원의 사디

다. 어디나 장미의 꿈은 관능적이다. 장미(rose)의 철자를 하나 옮기면 에로스(eros)다. 에로스의 프리즘을 통해 보면 성적 상징이 두드러진다. 가슴과 엉덩이의 환상 앞에서 수그러드는 고개, 안전장치 걸린 권총의 의미도 뚜렷해지고, "고행"이나 "금욕", "굴욕"으로 번역될 수 있는 마지막 단어의 뜻도 온전히 수긍이 간다. 자조적인 묘비명은 지워지지 않는 사랑의 강박관념, 그 절망적인 결핍의 되새김이다.

새로운 세기와 함께 태어난 시인 프레베르. 청소년기에 그도 전쟁을 겪었다. 그도 힘겨운 삶의 이야기를 축제의 이미지로 옮겼다. 그의 「축제」는 열정적인 삶의 원천을 알려준다.

어머니의 드넓은 물에서
나는 겨울에 태어났다
이월의 어느 밤
그보다 몇 달 전
봄이 한창이던 때
우리 부모 사이에
불꽃놀이가 있었다
그것은 생명의 태양이었다
난 이미 그 속에 들어앉아 있었고
그들은 내 몸에 피를 쏟아넣었다
그것은 샘에서 나온 포도주였다
지하 창고의 포도주가 아니라

나도 어느 날

그들처럼 떠나리라.

「축제」.

프레베르는 사랑을 많이 받은 시인이다. 아들로, 남자로, 시인으로, 샹송, 콜라주, 영화 작가로 만년까지 사랑받으며 살았다. 청소년기에 겪은 가난과 전쟁은 그에게 오히려 구애 없는 삶을 연습하는 계기였다. 그에게는 쓰라린 삶의 회한이 없다. 전쟁과 종교, 교육 등 사회 체계를 비판하면서도 여유와 유머가 넘친다. 허무와 부조리에도 불구하고 그에게 삶은 새콤한 과일처럼 구미를 당긴다. "태양은 초록빛 레몬이다"(「그대 위한 노래」). "목 잘린" 태양 아래 대지를 떠돌던 보헤미안 시인과는 전혀 다르다. "불타는 알코올"을 생명수처럼 마시던 그 시인과 달리 프레베르는 샘물 같은 포도주로 살았다.

나도 어느 날

그들처럼 떠나리라.

아폴리네르도 멀리 떠나기 전 잠시 회상한다.

옛날에 보헤미안 시인이 있었다

그는 전쟁터로 떠났다 이유는 모른다

사랑받기를 바라는가 그럼 사랑하지 마라

그는 죽으며 말했다 나의 백작부인 사랑하오

아주 차가운 새벽 공기를 가르며 들려오는 소리

포탄들이 바로 사랑인 듯 날아간다

「하늘은 별빛 가득」.

장미의 향연

롱사르 Pierre de Ronsard (1524-1585)

16세기 프랑스 궁정 시인. 근대적 서정시의 기원.
정열적인 시인으로 스무 살부터 오십까지 많은 사랑의 시를 썼다.
종교전쟁을 비판하는 담론들과 애국적인 서사시 등 다양한 작품을 남겼다.
플로베르는 "베르길리우스보다 위대하고 괴테에 필적하는" 시인이라고 평가했다.
— 『사랑 시집』 (1552) — 『사랑 시집 속편』 (1555)
— 『사랑 시집 신편』 (1556) — 『마리의 죽음에 대하여』 (1578)
— 『엘렌을 위한 소네트』 (1578)

데스노스 Robert Desnos (1900-1945)

프랑스 초현실주의 시인. 레지스탕스로 활동하다 수용소에서 생을 마감했다.
— 『신비한 여인에게』 (1926)

뮈세 Alfred de Musset (1810-1857)

낭만주의 시인, 극작가. 사랑의 비애를 노래한 시가 많다.
— 「슬픔」 (1840)

데보르드-발모르 Marceline Desbordes-Valmore (1786-1859)

비련의 삶을 살며 감성과 색감이 강한 시를 쓴 시인, 연극배우, 오페라 가수.
— 「사디의 장미」, 『미발표 시집』 (1860) — 「고독」, 『가련한 꽃들』 (1839)

사랑하는 여인을 소유하는 것이 천국보다 낫다.

『장미 이야기』, v.1347-8.

롱사르는 장미의 시인이다. "피에르 드 롱사르"(Rosa 'Eden')라는
품종명의 장미가 있을 정도다. 장미는 정열을 상징한다. 시인은 여인
에게 꽃을 바치듯 시를 쓴다. 사랑의 표현은 시의 으뜸 기능이다. 꽃
처럼 피어나는 사랑, 그것이 시심(詩心)이다. 롱사르는 평생 사랑으로
살았다. 사랑이 그의 심장이었다. "그토록 사랑에 그는 쉽사리 사로
잡혔다." 그가 자신의 묘비명으로 적어둔 시구다.

뱅자맹 풀롱이 그린 피에르 드 롱사르의 초상, 1580-1585

롱사르의 첫 번째 열정은 카상드르(Cassandre Salviati)였다. 어느 봄날이었다. 루아르강 언덕의 블루아(Blois) 성에서 열린 궁정 무도회. 그는 그곳에서 처음 그녀를 보았다. "장밋빛 얼굴"에 "눈빛 목, 우윳빛 가슴"의 그녀는 열네 살 소녀, 그는 스무 살의 삭발 성직자였다. — "젊은 나는 너의 빛에 눈을 잃었다." — 그녀는 이듬해 결혼한다. 그는 기억과 상상 속에서 사랑의 찬가를 이어간다. 두 사람의 거리만큼 시가는 애련하다. 화려하게 피어나는 만큼 지는 것이 슬픈 꽃, 장미가 그 애련함을 대표한다. 많은 프랑스인이 암송하는 「카상드르에게」는 첫 만남 몇 달 후 쓴 송가(Ode)다. 시 전체가 한 송이 장미다.

> 임이여, 장미를 보러 갑시다,
> 오늘 아침 태양을 향하여
> 자줏빛 옷을 펼쳤던 그 꽃,
> 저녁이 되어 잃어버렸는지,
> 그 자줏빛 옷 주름들과
> 그대 얼굴을 닮은 그 빛을.
>
> 아! 보시오, 잠깐 사이에.
> 임이여, 장미는 그 자리에 선 채로
> 아! 아! 제 아름다움을 떨어뜨렸소!
> 오, 정말 몹쓸 어머니 자연이여,
> 저 같은 꽃의 수명이 겨우
> 아침부터 저녁까지라니!

그러니, 내 말을 믿거든, 임이여,

그대 나이가 꽃을 피우며

더없이 푸르른 새로움을 이어갈 때,

꺾으시오, 그대의 젊음을 꺾으시오.

저 꽃이 그렇듯, 늙음이

그대 아름다움을 지워갈 테니.

　장미가 표상하는 것은 젊음의 아름다움이다. 태양에 맞서는 그 아름다움은 지속되지 않는다. 멀리 영화 〈로미오와 줄리엣〉의 노래가 다시 들린다. "한 송이 장미 피어나, 어느덧 시들어간다. 그렇게 청춘도 사라진다." 꽃다운 청춘도 돌아보면 "잠깐"이다. "그러니", 젊음을 꺾으라는 얘기다. 꽃을 꺾다, 꽃을 따다, 표현이 강하다. 간절함 때문일까. 관능의 유혹과 지혜의 권유가 함께한다. 흐르는 시간을 붙들고, 덧없는 환희의 순간을 포착하고 — 사진처럼 — 간직하라는 것일까. 롱사르의 표현은 호라티우스의 명구를 소환한다. "카르페 디엠"(Carpe diem). 동사 카르페(carpe, carpo)에는 꽃을 꺾다, (벌이) 꽃을 빨다, 즐기다, 누리다 등 여러 뜻이 있다. 꽃을 꺾는 것은 곧 젊음의 향유다. 영화 〈죽은 시인의 사회〉에서 외치는 키팅(로빈 윌리엄스)의 목소리도 들린다. 카르페 디엠, 낮을 붙잡아라(Seize the day), 태양처럼 빛나는 젊음의 시간을 누려라.

　롱사르는 카상드르를 처음 만났던 지방에서 다시 만난다. 결혼 후 어머니가 된 그녀와 그는 시로 교감한다. "너무나 아름다운 [그] 부인은 / 나의 시를 읽고 평가도 한다." 시를 읽는 시 속의 그 "부인"이 반드시 현실의 그녀는 아니다. 그녀는 영감의 원천이다. 일찍이 눈을 멀게 하는 빛과 함께 그의 마음속으로 들어온 카상드르는 시를 통해 이상화된다. 시의 속성이다. 시는 현실을 이상으로, 실재를 신화로 옮긴다. 그녀는 아폴론의 사랑을 받은 동명의 트로이 공주 카산드라가 되기도 하고, 아프로디테, 디오네, 테티스, 클리오, 아테나 같은 여신들로부터 온갖 덕목을 부여받기도 한다. 그녀는 다나에 혹은 에우로페로 꿈꾸어지기도 한다.

얼마나 좋을까, 노란빛 화려한
황금 비 되어 방울방울 흘러내린다면,
내 사랑 카상드르의 아름다운 가슴 속으로,
그녀의 눈 속으로 잠이 스며들 때.

얼마나 좋을까, 황소로 하얗게
변하여 섬세하게 그녀를 껴안는다면,
그녀가 너무나 부드러운 풀밭을 지나며
홀로 멀리서 수천의 꽃에 넋을 잃을 때.
『사랑 시집』.

때로 롱사르는 카상드르의 "가혹함"을 원망한다. "그녀는 너무나 비인간적이다." 그녀는 정숙한 부인일 뿐이다. 원망은 원하는 자의 몫이다. 홀로 넘치는 열정이 원망과 절실한 꿈을 만든다. 제우스의 꿈은 강렬하다. 하늘로부터 청동 탑에 갇힌 다나에를 향해 황금빛으로 흘러내리는 꿈은 시인이 꿀 수 있는 최상의 그림이다. 이 꿈의 완벽한 해제는 클림트의 그림 〈다나에〉다. 그 그림의 관능성은 구도에서 시작된다. 모로 기울어진 목과 웅크린 여인의 자세는 육체의 양감을 강조한다. 떠 있는 듯 가라앉을 듯한 풍만함이다. 바람에 날리듯 부풀린 천의 율동과 무늬도 육감적이다. 여인의 짙은 표정은 여린 선과 옅은 색채로 볼륨이 강조된 육체와 대비된다. 잠으로 감긴 눈과 열린 입은 황홀함에 놀란 듯 하얗게 눈뜬 가슴과 대조를 이룬다. 각진 손가락이 불쑥 놀란 가슴을 지시한다. 그 놀람은 뜬눈과 벌린 입의 이모티콘 같은 천의 무늬들과 호응한다. 그림의 역동성을 지탱하는 천의 다양한 색채는 네 모퉁이를 구성하는 갈색, 초록색과 조화를 이룬다. 그 조화는 적갈색 머리와 희노란 육체, 금빛 방울들과 머리칼의 곱슬 물결을 부각한다. 금빛과 갈색, 방울과 원과 굴곡, 그리고

구스타프 클림트, 〈다나에〉, 1907

바람과 물결과 흐름의 화합이 신성과 관능의 합일을 매개한다.

제우스 시인의 두 번째 꿈은 에우로페다. 제우스는 하얀 황소로 변해 에우로페를 바다 건너 크레타섬으로 실어간다. 이 주제를 다룬 그림은 많다. 리베랄레 다 베로나(Liberale da Verona, 1441-1526)의 환상 동화 같은 그림, 롱사르와 동시대 화가인 티치아노(Tiziano, 1490-1576)의 서사적이고 역동적인 그림, 다채로운 애정이 담긴 모로(Gustave Moreau, 1826-1898)의 그림들, 그리고 휴양지의 한가로움을 연상시키는 마티스(Matisse, 1869-1954)의 그림도 있다. 롱사르의 꿈은 굳이 해제가 필요 없다. "홀로 멀리서", 오직 둘만 따로 있는 상상은 사랑에 빠진 연인이면 한 번쯤 꾸는 꿈이다. 보이는 건 그 사람뿐, 머릿속엔 둘뿐이니까. 다 꿈일 뿐이다. 제우스가 아닌 한. 멀리 아니면 따로, 신분과 도덕의 제약에서 벗어나고 싶은 시인의 꿈은 현실에서 이루어지지 않는다. 그는 카상드르의 "차가움을 벗기지 못했다". 그녀는 "비정함을 뻐긴다". 롱사르는 떠난다. 수년 동안의 연정을 버리고, 그녀의 이미지만 가져간다. 불멸의 아름다움은 시의 기록으로 들어간다.

> […] 그녀가 계속해서 점점 더
> 사랑에 냉정하고, 매정하고, 가혹해지면
> 그만 그녀를 버려야 한다, 골머리 앓지 말고,
> 그처럼 어리석은 사람 달래려 애쓰지 말고.
> 『사랑 시집 신편』.

롱사르는 사랑을 계속한다. 많은 사랑을 한다. 마리, 쥬네브르, 이자보, 아스트레… 여러 여인이 나타난다. 두 번째 사랑 시집이 만들어진다. 카상드르도 여전히 언급되지만, 『사랑 시집 속편』의 주인공은 마리(Marie Dupin)다. 그녀는 수수한 시골 처녀다. 그녀는 "아름답고, 상냥하고, 정직하고, 겸허하고, 다정하다". 마리에 대한 롱사르의 사랑은 가볍다. 그의 시는 외로운 찬미의 굴레를 벗고 감각적인 즐거움을 노래한다. 이번에는 바로 그녀가 장미다. "감미롭고, 아름답고, 사랑스럽고 다정한 장미".

마리, 그대의 진홍빛 뺨은
오월의 장미 같고, 그대의 밤색
머릿결은 리본으로 곱슬곱슬 말려
우아하게 귀 주위를 휘돌아 내린다.

그대 어렸을 때, 친절한 꿀벌이
그대 입술에 달콤하고 향긋한 벌꿀을 배양했고.
사랑의 신은 그대의 굳은 눈에 제 표적을 남겼고,
피톤은 누구와도 다른 목소리를 그대에게 부여했다.

그대의 두 가슴은 우윳빛 봉우리처럼,
몽글하다, 마치 이른 봄에,
두 개의 봉오리가 테두리에 감싸여 몽글 오르듯.

그대 팔은 주노, 그대 가슴은 카리테스의 것,

그대 이마, 그대 손은 오로라로부터 나온 것,

그러나 그대 마음은 오만한 암사자의 것.

『사랑 시집 속편』.

첫 두 4행 시절은 마리의 얼굴에 대한 묘사다. 장밋빛 뺨과 동글게 땋아 내린 머릿결, 그리고 둥근 귀의 서술은 세심하고 촘촘하다. 장미, 머릿결, 리본, 귀, 모든 원의 이미지에 애정이 가득 담겨 있다. 입술과 눈과 목소리의 아름다움에 신성이 깃든다. 피톤은 델포이 아폴론 신전의 여사제에게 예언의 영감을 주는 정령이다. 아폴론의 여사제는 "델포이의 꿀벌"이라고 불리기도 한다. 꿀의 달콤함은 그리스인들에게 언어의 매혹을 상징한다. 꿀 발린 말이라는 우리말 표현도 있으니 상상력이 다르지 않다. 에로스도 매혹과 교류의 신이다. 첫 시절의 장미꽃과 맴돌이 이미지들이 둘째 시절에서 에로스와 아폴론의 신화 요소들과 어우러지는 양상이다. 다음 두 3행 시절에서 시인의 시선은 얼굴에서 신체로 내려간다. 가슴에 대한 느긋한 관능적 묘사에 이어, 신체의 각 부분에 신성이 주어진다. 주노는 헤라의 로마 명이고, 카리테스(그라티아이, Graces)는 미의 여신들이다. 새벽의 여신 오로라는 다시 장밋빛을 부르고, 마지막에 불쑥 등장하는 암사자는 셋째 시절의 가슴에 대한 긴 서술에 대응한다. 가벼운 사랑 노래지만 유추의 의미망은 밀도가 높다. 구체적인 아름다움에 자연과 신성을 대입했지만, 이상화 의도는 없다. 신화의 소환은 비유의 유희만을 위해서가 아니다. 지나치게 감각적인 묘사를 중화하려는 의도도.

시 외에 마리에 대한 실제 기록은 거의 없다. 얼마나 함께했고 언제 헤어졌는지 모른다. 다만 시인의 말에 따르면 그녀는 그의 두 번째 큰 사랑이었다. 그는 "처음으로 아름다운 카상드르를 사랑했고 / 두 번째로 마리도 사랑했다". 한참 세월이 흐른 어느 날 그는 마리의 죽음 소식을 듣는다. 새삼 자신의 장미("toute ma rose")를 잃어버린 슬픔이 그를 사로잡는다.

보라, 오월 가지 위에 꽃핀 장미는
아름다운 젊음으로, 갓 피어난 모습으로
하늘도 그 생생한 색채를 시샘하게 한다,
동틀 때 새벽이 눈물로 그 꽃을 적실 때,

꽃잎에 은총이 깃들면, 사랑이 내려앉아,
화원과 나무들을 향기로 감싼다.
그러나 쏟는 비 혹은 지나친 열기에 지치면,
시들어 죽으며, 꽃잎 하나하나 지고 만다.

그렇듯 갓 피어나 젊음으로 새로운
그대 아름다움을 땅과 하늘이 찬양할 때,
파르카가 그대를 죽여, 이제 그대 재가 되었다.

내 슬픔과 내 눈물을 담아 장례에 바치는
우유 가득한 이 꽃병, 꽃 가득한 이 바구니는

살아서나 죽어서나 그저 장미인 그대 육체를 위한 것.

『마리의 죽음에 대하여』, 소네트 3.

시인이 애도하는 마리는 둘이다. 그가 사랑했던 마리와 왕이 사랑했던 마리. 이 시는 연인 마리(Marie de Clève)의 이른 죽음을 슬퍼한 앙리 3세의 요청으로 만들어졌다. 그녀는 앙리 3세가 왕위에 오르기 직전에 스물한 살의 나이로 죽었다. 롱사르의 연인도 젊은 나이에 죽었다. 이중의 애도에 나이 든 시인의 애통함이 더해진다. 죽음의 진술은 애절하고 가파르다. 장미는 시들어 꽃잎이 다 떨어져 죽고, 장미 같은 여인은 운명의 신 파르카(모이라)가 죽여 재로 만들었다. "내 슬픔과 내 눈물", "꽃병"과 "바구니", 모두 시 자체를 가리키는 메타포다. 가득한 꽃과 우유는 초혼과 육화의 상징이다. 빛나는 언어 속에 담긴 장미는 불멸이다.

아돌프 멘첼, 〈튈르리 정원의 오후〉, 1867

롱사르가 엘렌(Hélène de Surgères)을 만난 것은 어느 봄날 파리의 튈르리 궁에서다. 그의 나이 마흔여덟 무렵이었다. 스물여섯 살의 그녀는 앙리 3세의 어머니 카트린 드 메디시스(Catherine de Médicis)를 수행하는 귀족 가문의 궁녀였다. 롱사르는 종교전쟁에서 약혼자를 잃은 그녀를 시로 위로하라는 왕대비의 명을 받는다. 그렇게 마지막 사랑 시집 『엘렌을 위한 소네트』가 만들어진다. 엘렌은 "미네르바"라고 불릴 만큼 지적이고 문학적 소양도 높았던 것으로 전해진다. 두 사람은 궁정이라는 한정적이고 사교적인 공간에서 교감을 나눌 시간이 많았을 것이다. 그녀를 위해 백십 편이 넘는 시를 쓰면서 그는 늦은 나이에 다시 사랑에 빠져든다. "아름다운 카상드르, 그리고 아름다운 마리에게 작별"을 새삼 고하며 그는 말한다. "이제 가을, 여전히 불행하지만, / 나는 마치 봄인 듯 천성대로 사랑으로 산다"("Adieu belle Cassandre, et vous belle Marie…"). 엘렌을 위한 시들은 카상드르를 향한 애련한 시편과 다르고, 마리에 대한 감각적인 시편과도 다르다. 젊은 날 못지않은 간절함도 있지만 완숙미가 돋보인다. 시집을 대표하는, 시집의 제목 그대로 불리는 「엘렌을 위한 소네트」는 후세 시인들이 예찬하는 시다.

> 그대 아주 늙어졌을 때, 저녁에, 촛불을 켜고,
> 난롯가에 앉아, 실을 뽑아 자으며,
> 말하리, 내 시구를 노래하며, 감탄하면서,
> 내가 아름다웠을 적에 롱사르가 나를 찬미했다고.

그때, 당신의 하녀 가운데, 그 이야기를 듣고,

벌써 일에 지쳐, 반쯤 잠들어 있다가,

차츰 깨어나지 않는 이 없으리,

불멸의 찬사로 당신의 이름을 축복했던 나의 이름 소리에.

나는 땅속, 뼈 없는 유령이 되어,

도금양 나무 그늘 아래 휴식을 취하고 있으리.

그대는 난롯가에 웅크린 할머니가 되어,

나의 사랑과 그대의 오만한 경멸을 아쉬워할 것이니.

사시오, 내 말을 믿는다면, 내일까지 기다리지 말고,

오늘 당장 삶의 장미들을 꺾으시오.

『엘렌을 위한 소네트』.

산드로 보티첼리, 〈비너스의 탄생〉, 1485, 우피치 미술관

도금양은 장미와 함께 사랑의 신 비너스의 꽃이다. 보티첼리의 〈비너스의 탄생〉에서 흩날리는 꽃도, 티치아노의 〈우르노스의 비너스〉에서 여신이 손에 쥔 꽃도 도금양이다. 월계수처럼 영광을 상징하는 꽃이기도 하다. 미래에, 영광 속에 묻힌 시인과 늙어 초라해진 엘렌의 대비가 시의 구도다. 시간을 에두르는 어법은 완곡하지만, 결어는 강하다. "사시오." 사랑 없이 사는 것은 사는 것이 아니니까. "삶의 장미들", 사랑의 기쁨들을 지금 당장 누리라는 말이다. 다시 카르페 디엠. 스무 살부터 외쳤던 모토가 반복된다. 더 절실하다. 카르페 디엠은 노년의 지혜 혹은 잔소리다. 젊은 날에는 그것을 생각할 틈도 없다. 그저 누리고 있으므로. 안타까움은 늙어가는 사람의 몫이다. 젊어서부터 그것을 실감한다면, 너무 일찍 철들거나, 아니면 아예 철이 들지 않을 수도 있다. 엘렌과의 시간의 거리를 의식하는 롱사르의 어조는 어렴풋한 협박조다. 아름답고 오만한 그녀에게 노화와 회한의 미래를 일깨운다. 빛나는 젊음 앞에서 그가 할 수 있는 유혹의 방법은 그것뿐이다.

> 도리 없이 우리의 아름다움은 달아난다. 꽃을 뽑아라.
> 뽑지 않으면, 꽃은 저절로, 겸연쩍게, 떨어지리라.
> 오비디우스, 『사랑의 기술』, III, 1.

사랑하는 여인에게 언어의 꽃을 바치며 "불멸의 명성"을 약속하는 시인들은 어느 시대에나 있다. 외로운 사랑일 경우가 많다. 20세기와 함께 태어난 데스노스가 그렇다. 그의 사랑은 외로움을 넘어 죽음에

1924년의 데스노스

닿아 있다. 최면상태에서 무의식의 꿈을 언어의 차원으로 옮기는 "자동기술법"(automatisme)을 시연한 그는 초현실주의의 총아였다. 사랑에서는 달랐다. 그는 뮤직홀 가수인 이본(Yvonne George)을 홀로 열렬히 사랑했다. 그녀는 "몽파르나스의 뮤즈"였다. 불행한 사랑으로부터 불멸의 서정시 일곱 편이 나온다. 시집 『신비한 여인에게』의 탄생이다.

데스노스의 사랑은 분열의 고통이다. 그는 현실과 몽상의 경계에 서 있다. 욕망의 대상도 둘로 거듭 나뉜다. 현실로부터 복제, 분리된 이미지는 꿈에서 증식된다. 그것은 낮에도 밤에도 곁에 있다. 어둠 속에도 보이는 그것은 "아마도 내가 모르는, 반대로 내가 아는 그대", 혹은 "현실에서도 꿈에서도 늘 붙잡을 수 없는 그대"다(「잠의 공간들」). 분열된 이미지는 몽상의 거울 속에서 무수히 되살아난다.

오 사랑의 고통들이여, 까다로운 천사들이여, 이제 나는 너희들을 내 사랑과 혼동되는 내 사랑의 이미지 그 자체로 상상한다…

오 사랑의 고통들이여, 내가 창조하고 옷 입히는 너희들은 내가 그 옷차림밖에 모르는 내 사랑, 그리고 그 눈들, 그 목소리, 그 얼굴, 그 두 손, 그 머리칼, 그 이빨들, 그 눈들과 혼동된다…

「오 사랑의 고통!」

이미지의 속성은 실물을 대신하는 데 있다. 실물과의 거리가 멀수록 이미지의 힘은 커진다. "내 사랑과 혼동되는 내 사랑의 이미지"는 실재하는 "내 사랑" 그녀를, 그녀의 눈, 목소리, 얼굴, 손 등을 대체한다. 그 생생한 육체의 이미지들은 "내" 고통의 산물, 상상의 창조물이다. "사랑의 고통"이 깊을수록 뚜렷해지는 "내 사랑"의 이미지들, 눈앞에 보이는 "너희들"은 "나"를 상상 속으로 이끈다. "감정의 저울"의 균형추는 점점 현실에서 상상으로 기울어진다. 더 이상 어느 것이 허상인지, 어느 쪽이 실재인지, 누가 환영이고 그림자인지 분간하기 어려워진다. 『신비한 여인에게』 가운데 가장 유명한 시 「내가 너무나 너를 꿈꾸었기에」는 그 "신비한" 몰입 과정의 기록이다.

내가 너무나 너를 꿈꾸었기에 너는 너의 실재성을 잃는다.

아직도 그 살아있는 육체에 가닿아 그 입술에서 내게 익숙한 그 목소리의 탄생에 입맞출 시간이 있을까?

너무나 너를 꿈꾸었기에 너의 그림자를 껴안으며 내 가슴 위에서 교차되는 것에 익숙해진 내 팔이 네 육체의 윤곽에 맞춰 굽혀지지 않을지도 모른다, 아마도.

  그리고, 여러 날 여러 해 전부터 나를 사로잡고 지배하는 그것의 실재적 외양 앞에서 내가 그림자가 될지도 모른다, 어쩌면.

  오 감정의 저울이여.

  너무나 너를 꿈꾸었기에 어쩌면 이제 더 이상 깨어날 때가 아니다. 나는 서서 잠잔다, 삶과 사랑의 모든 외양에 몸을 노출한 채, 그래서 너, 오늘날 내게 있어 유일하게 중요한 너의 이마와 입술보다, 먼저 다가온 누군가의 입술과 이마와 더 접촉하게 될지도 모른다.

  너무나 너를 꿈꾸었기에, 너의 유령과 함께 너무나 걷고, 너무나 말하고, 너무나 잤기에 이제 내게 남은 것은 아마도, 그래도 남은 것은, 유령 중의 유령이 되어, 너의 삶의 해시계 위로 쾌활하게 산책하고 계속 산책할 그 그림자보다 백배 더한 그림자가 되는 것뿐이다.

  "너무나" 많은 꿈은 현실을 지운다. 꿈의 대상인 그녀는 점점 사라진다. 그 자리를 대신하는 것은 그녀의 꿈의 이미지, "너의 그림자"다. "너의 실재성"은 "너"의 이미지로 옮아간다. 이제 "실재적 외양"을 갖춘 것은 "너의 그림자"다. 그 그림자는 나를 지배하고 나의 실재성마저 위협한다. ― "그림자"(ombre)는 어둠, 음영, 투영, 환영, 유령 등의 의미를 내포한다. ― 나는 그림자의 실감에 사로잡혀 있다. "감정의 저울"이 놓인 곳은 현실과 꿈, 삶과 죽음, 존재와 비존재의 경계점이다. 한 발 넘어서면 균형은 기울어진다. "아마도", "어쩌면"의 반복은 경계에 선 (비)존재의 두려움 혹은 다짐이다. "이제 더 이상 깨어날" 수 없을지도 모른다. 되돌아가지 않는다. "너무나" 많은 꿈 끝에 나는 경계를 넘어간다. 너의 그림자를 따라 나도 그림자가 되는 것이 유일한 합일 가능성인지 모른다. 마지막 부분은 놀라운 반전이다. "삶의 해시계 위", 태양 아래 유유히 "산책"하는 그 그림자는 바로 내가 유령 중의 유령이 되어, 더없이 짙은 그림자가 되어, 빛으로 던져 올린 너의 그림자다. 누구의 오랜 꿈이던가. 바로 오르페우스의 꿈이다. 저 "햇빛 밝은 삶"(ta vie ensoleillée)의 이미지는 시인들의 무의식 속에 잠들어 있는 유리디스(에우리디케)의 환생이다. 꿈의 어둠 속으로 들어가 삶의 빛을 이끌어내는 시인은 죽음의 어둠 속으로 들어가 유령이 된 사랑의 빛을 되살리려는 오르페우스의 원형적 꿈을 반복한다.

데스노스-오르페우스의 승리일까. 그녀의 그림자는 그녀와 합류하지만, 나는 "그 그림자보다 백배 더한 그림자"가 되어 영원히 잠의 어둠 속에 갇힌다. 오르페우스 꿈의 전복이다. 이래도 저래도 둘의 합은 꿈이다. 삶에서도, 꿈의 끝에서도 "내 사랑"은 붙잡을 수 없다.

롱사르라면 이쯤에서 물러났다. 그의 사랑에는 시작이 있고 끝이 있다. 그는 사랑을 끝맺을 줄 안다. 『엘렌을 위한 소네트』의 마지막 시편들에서 그는 "패배"를 받아들이며 작별을 고한다. "안녕, 잔인한 여인이여, 안녕. 내가 그대를 힘들게 했으니, / 아무런 보답 없이 너무나 사랑을 노래한 탓에"(Adieu, cruelle, adieu…). "나는 전쟁에서 달아난다. 나는 전투에서 패했다. / 나는 사랑에 맞서다 힘과 이성을 잃었다"(Je m'enfuis du combat…). 그러나 작별이 사랑의 "고통"을 줄여주지는 않는다. 사랑은 이미 "혈관 속에 흐르는 독"이니까. "왜냐하면 사랑과 죽음은 같은 것일 뿐이니까"(Je chantais ces sonnets…).

사랑은 무적이니까. 사랑이 천성인 탓에 사랑의 끝은 삶의 끝을 의미하니까.

꿈이 천성인 데스노스가 답한다. "아니, 사랑은 죽지 않았다"…

아니, 사랑은 죽지 않았다, 그것은 이 마음, 이 두 눈 속, 그리고 사랑의 장례식이 시작됨을 공표한 이 입술 속에 있다.

들어보라, 생생한 것과 색채들과 매력 같은 것들은 이제 지겹다.

나는 사랑을 사랑한다, 그 감미로움과 그 잔인함을 사랑한다.

내 사랑은 단 하나의 이름, 단 하나의 형태밖에 없다.

모든 것은 지나간다. 입술들이 이 입술에 달라붙을 것이다.

내 사랑은 하나의 이름, 하나의 형태밖에 없다.

그러다 어느 날 기억이 나면,

오 내 사랑의 형태이자 이름인 너,

어느 날 바다 위에서 […]

어느 봄날 아침 […]

어느 비 오는 날,

새벽에 잠들기 전에,

너 스스로 말하라, 친숙한 너의 유령에게 명하나니, 나 홀로 더없이 너를 사랑했다고, 그리고 네가 그것을 알지 못한 것이 애석하다고.

스스로 말하라, 지나고 후회해서는 안 된다는 것을. 롱사르가 나보다 먼저 그리고 보들레르가 가장 순수한 사랑을 경멸했던 늙은 여자들과 죽은 여자들의 회한을 노래했다는 것을.

너는, 죽어도

너는 아름답고 여전히 탐스러울 것이다.

나는 이미 죽어 있을 것이다, 네 불멸의 육체 속에, 생명과 영원의 영속적인 경이로움 가운데 언제까지나 존재하는 네 놀라운 이미지 속에 온전히 품긴 채로, 그러나 내가 살아 있다면

네 목소리와 네 억양, 네 시선과 네 빛,

네 냄새와 네 머리칼의 냄새와 다른 많은 것들이 여전히 내 속에 살게 될 것이다,

롱사르도 보들레르도 아닌 나,

나 로베르 데스노스, 너를 알고 사랑했기에,

그들만큼 가치 있는 나.

나 로베르 데스노스, 너를 사랑하기에

이 하찮은 대지에서 나의 기억에 그 외 다른 어떤 명성은 덧붙이길 바라지 않기에.

어투는 시를 벗어나 설명적이고 선언적인 산문체다. 게다가 명령조다. ― 시적 묘사, 채색, 찬미는 "이제 지겹다". ― 역설적으로 더 강조되는 것은 시의 존재다. "나"의 시로 인해 "너"는 죽어서까지 아름다운 이미지로 영원히 살아남을 것이다. 그로 인해 "나"도 "너"의 이미지 속에 죽은 듯 살아 있을 것이다. 롱사르와 보들레르, 그리고 그들의 여인들이 그렇듯이. ― 진실이다. 독자가 증인이다. ― 사랑하는 여인의 미래를 롱사르는 "난롯가에 웅크린 할머니"로 그렸고(「엘렌을 위한 소네트」), 보들레르는 "끔찍한 부패물"로 묘사하며 협박했다(「시체」). 그들을 내세운 뒤, 데스노스는 한 발짝 당겨 선다. "너는, 죽

어도" 아름다울 것이다. 그의 "입술"이 다시 사랑의 죽음을 "공표"하기 전에 그는 한 번 더 충만한 사랑의 삶을 환기한다. "그러나 내가 살아 있다면", 삶을 함께할 수 있다면…… 그 어떤 미래보다, 불멸보다 가치 있는 것은 현재의 "순수한 사랑"이기 때문이다. 그 외 모든 것은 부질없는 세상의 풍문일 뿐이다. 오르페우스처럼 아무리 세상이 끝나도록 기억되더라도 당장 사랑하는 사람을 잃고 대지를 떠돌아다녀야 한다면 다 무슨 소용인가. 롱사르처럼 데스노스가 권하는 것도 오늘의 장미, 오월의 장미다. 엘렌처럼 이본도 그 꽃을 취하지 않는다. 그녀는 "후회"할 시간도 없이 일찍 삶을 마감한다. 시집이 발간되고 몇 년이 되지 않아 그녀는 "하찮은 대지"를 떠난다.

데스노스는 그녀가 죽은 후에도 그녀를 사모한다. 그리고 삶을 계속한다. 사랑도 계속한다. 죽을 수 없어서. 삶은 사랑이라서. "장미 (Rose)는 삶이다"(*Rrose Sélavy*). 그가 하듯 철자를 바꿔쓰면 에로스 (Eros)가 삶이다. "단 하나의 이름, 단 하나의 형태밖에" 없던 그의 사랑은 다른 곳에서 또 찾아진다. 이본이 죽은 다음 해, 그는 유키 ("Youki", Lucie Badaud)와 함께하는 삶을 시작한다. "순수한 사랑"의 꿈은 계속된다. 단 하나의 사랑은 다른 이름, 다른 형태로 지속된다. 나치 독일 점령하에 저항군 활동을 하다가 수용소에 갇히고 전쟁이 끝날 무렵 이국에서 불행하게 죽기까지.

데스노스보다 한 세대 앞섰던 시인 발레리가 다른 곳에서, 전혀 다른 언어로 사랑의 역설을 설명한다.

다른 존재를 있는 그대로 사랑한다는 것은 실제로 있을 수 없다. 우리
는 변형을 원한다. 우리가 사랑하는 것은 단지 유령일 뿐이니까. 실재하
는 것을 욕망할 수는 없다. 실재하니까.

『있는 그대로』(Tel quel).

사랑은 욕망하고, 욕망은 실재를 변형한다. 꿈이 가장 완벽한 사랑
의 행위인 이유다. 사랑이 원하는 것은 실재가 아니라 이미지다. 사
랑하는 대상은 부재한다. 어쩌면, 데스노스는 완전한 사랑을 했다.

19세기 초 프랑스. 혁명적인 시대의 전환과 함께, 불안과 염세관이
시대의 징후가 된 시기. "세기병"(mal du siècle)이 젊은 세대에 만연
하던 때, 정서의 해방을 기치로 낭만주의가 자리 잡는다. 당시 새로
운 시대를 대표하는 한 천재 시인이 있었다. 그는 열아홉 살에 시집을
발표했다. 푸슈킨도 경의를 표한 그 시집으로 그는 재능을 널리 알렸
다. "낭만주의의 무서운 아이"로 불렸던 그는 롱사르의 첫사랑 카상
드르의 먼 후손인 뮈세다. 그는 일찍부터 활발한 문학 활동과 "방탕
한 댄디" 생활을 시작했다. 무서운 것을 모르던 그는 스물세 살에 소
설가 상드(Sand)를 만나 불같은 사랑을 한다. 행복보다는 고통이 많
은 사랑이었다. 화합의 시간은 채 몇 달뿐이었고, 뒤틀림은 여러 해
지속되었다. 광기 어린 사랑 끝에 뮈세는 많은 것을 잃었다. 롱사르
는 엘렌과 작별하면서 "힘과 이성을 잃었다"고 했지만, 노년의 지혜
가 그를 회복시켰다. 뮈세는 그렇지 않았다. 그는 상드와의 결별 후
에도 오랫동안 그녀에 대한 원망과 회한을 드러낸다. 그가 상드를 향

초상화 전문화가 샤를 랑델이 그린 뮈세의 초상

해 쓴 산문, 시, 편지들은 무수히 남아 있다. 그의 방탕한 사교 생활은 지속되지만, 그의 묘비 뒷면에 새겨진 시구처럼 그의 "심장은 영원히 부서진" 채였다(「기억하라」, 1850). 쇼팽이 상드의 모성적 사랑 안에서 평온히 야상곡을 쓰던 시기에, 뮈세는 밤의 시 연작을 발표하며 술과 우울과 어둠의 늪으로 빠져들었다. 왕성했던 저작도 서른 이후에는 현저히 줄어든다. 서른 살에 쓴 시 「슬픔」은 그의 상실감을 그대로 보여준다.

나는 내 힘과 내 삶을 잃었다,
내 친구들과 내 쾌활함도 잃었다.

나는 자부심까지 잃어,
내 천재성에 대한 믿음도 사라졌다.

내가 **진리**를 알았을 때,
그녀가 친구라고 생각했다.
그녀를 깨닫고 감지했을 때,
나는 이미 환멸을 느꼈다.

그렇지만 그녀는 영원하다,
그래서 그녀를 모르고 산 사람들은
이 세상에서 안 것이라곤 없다.

신이 이르니, 그에게 응답해야 한다.
이 세상 나에게 남은 유일한 선행은
이따금 눈물을 흘렸음이다.

「슬픔」.

진리(la Vérité)는 여성형이다. 여성으로 쉽게 의인화한다. 대문자
가 그것을 뒷받침한다. 여성 친구, 연인(amie)은 사랑을 연상시킨다.
진리는 곧 사랑이다. 사랑으로 모든 것을 잃었지만 그래도 사랑은 삶
의 진리다. 사랑 없이 사는 것은 세상을 살지 않는 것과 같다. 신이
부여한 재능(don, gift)은 사라졌지만, 눈물은 시가 되어 남았다. 뮈세
의 시는 눈물의 결정체다.

롱사르도 슬픔을 시에 새긴다. 어찌 꽃만 노래할 수 있을까. 슬픔
은 사랑의 조건이다. 때로 슬픔의 노래는 유일한 삶의 방법이다. 달
리 어쩔 수 없어서, 슬픔을 노래하지 않으면 "죽을 테니까".

이제는 슬픔만을 노래하고 싶다,
어찌 달리 노래할 수 없을 테니까.
내 연인에게서 떨어져 있기에,
달리 노래하려다 죽을 테니까

그러니 죽지 않기 위해 노래해야 한다,
이 애절한 우수를 슬픈 가락에 담아서,
멀리 떠나간 내 연인을 향해서,
내 가슴에서 심장을 앗아간 그녀를 위해서.

『사랑 시집 신편』.

심장을 부수고 앗아가는 여인들… 모두 말한다. 롱사르도, 뮈세도,
데스노스도, 모두 수도 없이 외친다. 여인들은 잔인하다고. 보마르셰
가 대꾸한다. "여인들은 잔인하다고 불리는 것을 무척 좋아한다"(『세
비야의 이발사』, IV, 5). 세 쌍의 결혼식을 성사시킨 피가로 작가의 말
이다.

여성 시인도 사랑의 꽃을 바쳤을까. 여성형 꽃의 헌사는 어떤 형태
일까. 뮈세와 같은 시기를 살았던 데보르드-발모르도 장미의 시인이

다. 그녀도 깊은 사랑의 고통을 겪었다. 원래는 연극배우이자 오페라 가수였다. 〈세비야의 이발사〉의 로지나 역도 맡았다. 사랑의 시련과 결혼의 환멸, 아이들의 죽음과 고뇌, 그리고 비밀스러운 정염이 그녀를 시의 세계로 이끌었다. 그녀에게 사랑은 "놀라움과 두려움을 부과하는, 어둡고도 빛나는 수수께끼" 같은 것이었다. 글쓰기는 그 신비의 해답을 찾는 일이었다. 그만큼 그녀 시에는 죽음과 고독의 애가도 많고, 또 그만큼 화려한 열정의 찬가도 많다. 그녀의 장미는 한두 송이가 아니고 가슴 한가득이다.

> 오늘 아침 그대에게 장미꽃을 가져다주고 싶었는데,
> 묶어 맨 내 허리띠에 너무 많이 담아서
> 꼭 조인 매듭이 그 꽃들을 지탱할 수 없었다.

> 매듭은 터져 버렸고, 날아간 장미들은
> 바람을 타고, 바다로 모두 사라져갔다.
> 그 꽃들은 물을 따라가 다시 돌아오지 않았다.

> 물결은 장미들로 붉어져 마치 불타는 듯 보였다.
> 오늘 저녁, 내 옷은 그 꽃들의 향기 가득하니…
> 그대 내게서 장미 향기 그윽한 추억을 들이쉴 수 있으리.
> 「사디의 장미」.

붉은 꽃의 향기와 색채가 이보다 더할 수 없다. 바다와 하늘이 온통 장밋빛이다. 장미와 살의 향기가 허공에 떠돌고, 사랑의 공간은 안팎으로 활짝 열려 있다. 데보르드-발모르의 상상력은 순수하고 무람없다. 그녀는 장미꽃 이미지 하나로 우주를 불태운다. 오늘의 장미를 가슴 가득 들이쉬는 그녀에게 미래에의 믿음이 필요할까. 사랑의 환상이 사라지면 죽음 같은 고독, "혼자 건너야 할 심연"밖에 보이지 않을 때(「고독」), 미래는, 불멸은 더더욱, 헛된 관념일 뿐이다.

롱사르도 데스노스도 불멸을 그리 믿지는 못했다. 온 마음으로 노래하는 사랑이 당장 눈앞에서 사라지면 죽을 만큼 슬픈 그들이니까. 고독의 어둠 속에서 롱사르도 데스노스처럼 헛것을 꿈꾼다.

콩스탕-조제프 데보르드, 〈마르셀린 데보르드-발모르의 초상〉, 1811

이 긴 겨울밤들, 한가로운 달은
수레 끌 듯 너무나 느리게 둘러 돌아가고,
수탉은 너무나 느지막이 해를 알리고,
근심 어린 마음에 하룻밤은 일 년과 같아라.

나는 권태로 죽었으리라, 희미한 너의 형상이 없었으면,
그 허상이 다가와 내 사랑을 덜어주고,
온전히 알몸으로, 내 품에 머무르며,
거짓된 기쁨으로 감미롭게 나를 후리지 않았다면.

실제의 너는 냉정하고, 잔인함을 자랑삼지만,
너의 허상과는 더없이 친밀하게 몸을 나눈다.
나는 너의 죽음 곁에 잠들고, 그 곁에 몸을 넌다.

내가 무엇을 하든 거절이 없다. 선한 꿈은 이렇듯
헛것으로 내 사랑의 근심을 속여 넘긴다.
사랑에 스스로 속는 것은 나쁜 것이 아니리라.

허상과의 생생한 꿈의 유희가 놀랍다. "희미한 너의 형상", "너의 죽음"은 데스노스의 "너의 그림자", "너의 이미지"와 동의어다. 한가로운 앞뒤 설명을 빼고 가운데 두 연만 읽으면 마치 초현실주의 시 같다. 사백 년을 뛰어넘는 유사성이다. 늘 같은 사랑의 상상력, 그 충만함과 그 헛됨 때문이 아닐까. ─ "나는 사랑을 사랑한다. 그 감미로

움과 그 잔인함을 사랑한다." — 충만함의 환상, 헛것의 충만함. 기만
은 사랑의 속성이다. 사랑하는 사람은 스스로를 속이고, 실상보다 허
상과 더 가깝고, 실재보다 이미지를 더 사랑한다. 소유하지 못한 사
랑은 모두가 허상이다. 소유한 사랑조차도 허상 아닐까. 소유가 가능
하기나 할까.

　한 선비가 기녀를 사랑하게 되었다. 그녀가 말했다. "당신이 내 집 정
원, 내 방 창문 아래, 간이의자에 앉아 나를 기다리며 백 일 밤을 보내면,

『사랑 시집』에 수록된 롱사르와 카상드르의 초상, 1552, 프랑스 국립도서관

그럼 나는 당신 것이 되겠어요." 그러나 구십구 일째 되던 날 밤, 선비는 일어나, 의자를 팔에 끼고 가버렸다.

　　바르트, 『사랑의 단상』, "기다림".

　영화 〈시네마 천국〉에서는 선비 대신 병사가 서서 기다리는 것으로 각색된 이야기다. 왜 하루를 앞두고 떠난 것일까. 하루만 더 있으면 그녀가 내 것, 내 사람이 될 텐데. 첫눈에 반해도 가슴이 벅차 세상 다른 것이 보이지 않는다는데, 구십구 일 동안 그녀를 기다리며 그녀 생각만 했으니 얼마나 사랑이 충만했을까. 그 충만함은 그러나 머릿속 이미지의 것이다. 하룻밤이 지나 실재의 그녀가 다가오면 허상의 충만함은 사라진다. 실상과 허상, 어느 쪽이 사랑의 진실일까.
　꽃다운 롱사르의 여인들도 다 허상일 뿐인가. 남는 것은 언제나 장미, 늘 다시 피고 지는 장미꽃이다.

　　임이여, 장미를 보러 갑시다,
　　오늘 아침 태양을 향하여
　　자줏빛 옷을 펼쳤던 그 꽃,
　　저녁이 되어 잃어버렸는지,
　　그 자줏빛 옷 주름들과
　　그대 얼굴을 닮은 그 빛을.

다시, 장미 이야기

사랑의 대상을 바라보면 볼수록
마음은 더 열렬히 불타오른다,
무엇보다 마음이 불꽃을 일으켜
사람들을 사랑하게 만드는 것이니까.
모든 연인은 무릇
그 불꽃 따라 움직이고 타오른다.
불꽃이 가까이 있다고 느낄수록,
연인은 더 가까이 다가간다.
그러나 불꽃은 바로 사랑하는 여인,
연인이 몹시 갈망하며 찬미하는 여인이니,
그 불꽃이 그렇게 연인을 태워버리리.
연인은 더 가까이 꼭 붙어서
찬미하는 아름다운 사람 곁에서
점점 더 많이 사랑하고 싶어 하지만,
현자와 광인, 누구나 말하듯,
불이 가까울수록, 화상도 커진다.

『장미 이야기』, v.2437-2452.

작가 작품 목록(작가 출생 연도순)

아벨라르 Pierre Abélard (1079-1142)

엘로이즈 Héloïse d'Argenteuil (1100-1164)

작가 미상 — 『트리스탄과 이졸데』 (12세기)

롱사르 Pierre de Ronsard (1524-1585) — 『사랑 시집』, 『사랑 시집 속편』, 『사랑 시집 신편』,
『마리의 죽음에 대하여』, 『엘렌을 위한 소네트』

셰익스피어 William Shakespeare (1564-1616) — 『로미오와 줄리엣』, 『햄릿』

스탕달 Stendhal (1783-1842) — 『적과 흑』

데보르드-발모르 Marceline Desbordes-Valmore (1786-1859) — 「사디의 장미」, 「고독」

발자크 Honoré de Balzac (1799-1850) — 『사라진느』

위고 Victor Hugo (1802-1885) — 『노트르담 드 파리』

메리메 Prosper Mérimée (1803-1870) — 『카르멘』

포 Edgar Allan Poe (1809-1849) — 「애너벨 리」

뮈세 Alfred de Musset (1810-1857) — 「슬픔」

뒤마 피스 Alexandre Dumas fils (1824-1895) — 『동백꽃 부인』

랭보 Arthur Rimbaud (1854-1891) — 「오필리아」, 「별은 울었다…」, 「영원」

아폴리네르 Guillaume Apollinare (1880-1918) — 『알코올』, 『칼리그람』

카잔차키스 Nikos Kazantzakis (1883-1957) — 『그리스인 조르바』

피츠제럴드 Francis Scott Fitzgerald (1896-1940) — 『위대한 개츠비』

레마르크 Erich Remarque (1898-1970) — 『개선문』

헤밍웨이 Ernest Hemingway (1899-1961) — 『무기여 잘 있거라』

프레베르 Jacques Prévert (1900-1977) — 「축제」

데스노스 Robert Desnos (1900-1945) — 『신비한 여인에게』

카뮈 Albert Camus (1913-1960) — 『이방인』

뒤라스 Marguerite Duras (1914-1996) — 『연인』

— 그림 〈오필리아〉 (1852, 존 밀레이)
— 오페라 〈라 트라비아타〉 (1853, 베르디)
— 오페라 〈트리스탄과 이졸데〉 (1865, 바그너)
— 오페라 〈카르멘〉 (1875, 비제)
— 그림 〈오필리아〉 (1903, 오딜롱 르동)
— 그림 〈다나에〉 (1907, 구스타프 클림트)
— 그림 〈파시 다리〉, 〈작은 배〉 (1912, 1920, 마리 로랑생)
— 영화 〈로미오와 줄리엣〉 (1968, 프란코 제피렐리 감독)
— 판화 〈오필리아의 죽음〉 (1973, 살바도르 달리)
— 영화 〈프리티 우먼〉 (1990, 게리 마샬 감독)
— 영화 〈연인〉 (1992, 장-자크 아노 감독, 시나리오)
— 영화 〈노틀담의 꼽추〉 (1996, 디즈니 애니메이션)
— 뮤지컬 〈노트르담 드 파리〉 (1997, 뤽 플라몽동, 리카르도 코치안테)

사랑의 향연
세상의 문학
하 이 라 이 트

초판1쇄 발행 2025년 1월 9일

지은이 김종호

펴낸이 임지이
편집 임지이 디자인 박정화 마케팅 김옥재

펴낸곳 ㈜엘도브
출판등록 2023년 6월 28일 제2023-000074호
주소 경기도 파주시 아동로7 4층 다40호
이메일 ailesdaube@gmail.com

ISBN 979-11-984277-9-3 (03800)